我是宿命的放浪者

［日］林芙美子——著 陆蕙贻——译

国际文化出版公司
·北京·

图书在版编目（CIP）数据

我是宿命的放浪者 /（日）林芙美子著 ；陆蕙贻译．-- 北京 ：国际文化出版公司，2022.1
ISBN 978-7-5125-1333-4

Ⅰ．①我… Ⅱ．①林… ②陆… Ⅲ．①散文集－日本－现代②短篇小说－小说集－日本－现代 Ⅳ．①I313.65②I313.45

中国版本图书馆CIP数据核字(2021)第141022号

我是宿命的放浪者

作　　者	[日]林芙美子
译　　者	陆蕙贻
责任编辑	戴　婕
策划编辑	王　磊
出版发行	国际文化出版公司
印　　刷	三河市祥达印刷包装有限公司
开　　本	787 毫米 ×1092 毫米　　32 开
	6 印张　　140 千字
版　　次	2022 年 1 月第 1 版
	2022 年 1 月第 1 次印刷
书　　号	ISBN 978-7-5125-1333-4
定　　价	45.00 元

国际文化出版公司
北京朝阳区东土城路乙 9 号　　邮编：100013
总编室：（010）64271551　　传真：（010）64271578
销售热线：（010）64271187
传真：（010）64271187-800
E-mail：icpc@95777.sina.net

以庶民之眼观世间百态的女性作家

——话说林芙美子

林芙美子的作品无论读过几次，每次重新阅读都还是令人陶醉，并且不断在字里行间发现新事物，“原来写了这个”“这里上次竟然没注意到”，这到底是怎么回事呢？名作果然蕴藏着无尽的宝藏，并且拥有超越时空的真切魅力。

——桐野夏生

林芙美子生于不幸的环境中，因而其作品也大多以贫苦人和庶民家庭为主题，尤其长于描写这些惹人怜悯的女性之命运与心理。晚年，她倾向于描写战后晦暗社会下的男女情爱，作品中充满着独特而美丽的诗意。这是她的文学特色之一，也是时至今日仍能拥有如此广大读者的主要原因。

——板垣直子

能像林芙美子一样，如此感叹女人悲哀的人非常罕见。

——川端康成

林芙美子的作品相当干净。无论描绘了多么污浊的世间，她的作品总是保持着澄明。或许可以这么说，林芙美子的作品就像莲花，出淤泥而不染。她在充满悲苦如泥淖般的人生中，将庶民控诉人生悲苦的声音凝为结晶，创造出晃动着真实、能够温暖人心的作品。

——田宫虎彦

即使贫穷、处境悲惨，都能够好好地承受，并绽放出光亮。无论是面对文学、恋爱或生命本身，百分百正面积极的林芙美子，带给我生存的力量与勇气。

——六平直政

没有人像她如此地深知男性的好，却不沉沦于情海中。

——平林泰子

漂泊半生的文学少女

——林芙美子小传与重要作品年表

林芙美子，一般认定她在1903年12月31日出生于门司市大字小森江（现福冈县北九州市门司区），却有一说是在隔年5月生于下关，又另有一说是6月。连出生的时间、地点都说不清的她，干脆宣称自己“没有故乡”。林芙美子是个不被生父承认的孩子，只得以私生女的身份跟了母姓。7岁便随母亲和后来的养父四处更换住所，童年尽是漂泊于小客栈间的回忆。而客栈里来自四面八方的投宿者，不仅陪伴她度过独自留守的孤单时光，更为她日后以庶民的喜怒哀乐为书写题材打下写实基础。

1922年，林芙美子终于断断续续地完成学业。自广岛县尾道市立高等女子学校毕业后，便跟着初恋情人前往东京，为求生计辗转于帮佣、餐厅侍女、小贩、广告员等工作，看尽当时社会底层的人生百态。一年后被男友抛弃，又接连经历几段失败的感情和婚姻，更淬炼了她创造出细腻白描女性情思的写作风格，27岁出版自传体长篇小说《放浪记》，确立文坛地位，随后发表《手风琴与鱼之小镇》，以及描写夫妻日常生活的《清贫之书》，大获好评。靠着这些畅销书赚来的版税，她独身远赴巴黎旅行，归国后以质朴、温柔之笔写下《晚菊》《浮云》等代表作，刻画战后日本社会男女间的苦涩情感流动，并以前作获得第三届“女流文学者奖”。手边总是有超乎寻常数量作品连载的林芙美子，因过度劳累导致心脏旧疾复发，1951年6月28日于家中病逝，年仅48岁。

1903年（明治三十六年） 1岁	12月31日出生于门司市大字小森江，但未入籍其父宫田麻太郎名下，而是以私生女的名分跟了母亲林菊（キク）的姓氏。

1910年（明治四十三年） 8岁	随母亲及麻太郎店里的掌柜泽井喜三郎背井离乡。4月，进入长崎市胜山小学就读，不久又转学至佐世保市八幡女子寻常小学就读。

1911年（明治四十四年） 9岁	1月，养父泽井于下关经营古着店，芙美子随之再次转学至下关市名池小学就读。

1914年（大正三年） 12岁	泽井古着店倒闭，芙美子转赴鹿儿岛由祖母照顾，不得不四度转学至鹿儿岛市山下小学就读，后又跟随母亲与养父于北九州四处行商。

1916年（大正五年） 14岁	春天，举家搬迁至广岛县尾道市。芙美子赴第二尾道寻常小学就读。当时的导师小林正雄发现芙美子的文学才华，鼓励她继续升学，往文学道路发展。

1918年（大正七年） 16岁	四月，进入尾道市立高等女子学校就读。

1921年（大正十年） 19岁	以笔名秋沼阳子投稿诗及短歌至《山阳日日新闻》和《备后时事新闻》。

1922年（大正十一年） 20岁	3月，自尾道女高毕业后旋即与当时的初恋情人冈野军一前往东京，并辗转于东京各地工作。

1923年（大正十二年） 21岁	3月，在冈野家的反对下两人被迫分离，冈野返回故乡。 9月1日，关东大震灾，芙美子为避难而返乡，并在恩师小林正雄的鼓励下写作日记，成为日后代表作《放浪记》的原型。

1924年（大正十三年） 22岁	再次上京，也再次辗转于帮佣、事务员、餐厅侍女、报社零工等各行各业。 3月，结识新剧演员、诗人田边若男，两人开始交往并同居。这段恋情在三个月后即因田边出轨告吹。 在田边的引荐下，芙美子结识了同是诗人的辻润（1884—1944）、荻原恭次郎（1899—1938）、野田吉哉（1901—1940）和平林泰子（1905—1972）等人。 12月，与野田吉哉交往，并在多摩川附近找了间小屋同居。

1926年（昭和元年）	1月，与野田分手，移居至女性诗友平林泰子处暂住。 10月，短暂返乡，开始着手写作《手风琴与鱼之小镇》，同月再度上京。 12月，与正在学画的学徒手冢绿敏结婚。
24岁	

1928年（昭和三年）	10月，《放浪记》开始在《女人艺术》上连载。
26岁	
《放浪记》	

1929年（昭和四年）	6月，发表诗集《看见苍马》。
27岁	
《看见苍马》	

1930年（昭和五年）	1月，为参加“妇人每日新闻”举办的“妇人文化演讲会”前往台湾。 7月，《放浪记》结集成册后由改造社出版，热销五十万部，芙美子成为畅销书作家。 11月，出版小说《续放浪记》。
28岁	
《放浪记》 《续放浪记》	

1931年（昭和六年） 29岁 《手风琴与鱼之小镇》 《清贫之书》	4月，发表小说《手风琴与鱼之小镇》。 11月，发表小说《清贫之书》，备受小说家宇野浩二（1891—1961）赞赏。同月，前往欧洲旅行，并于隔年途经上海与鲁迅会面后返日。

1933年（昭和八年） 31岁 《面影——我的素描》	11月，自费出版第二本诗集《面影——我的素描》。

1934年（昭和九年） 32岁 《泣虫小僧》	10月，《泣虫小僧》开始在《东京朝日新闻》上连载。

1935年（昭和十年） 33岁 《文学自叙传》 《牡蛎》	5月，《放浪记》首次改编为电影上映。 8月，发表随笔《文学自叙传》。 9月，发表小说《牡蛎》。

1936年（昭和十一年） 34岁 《稻妻》《枯叶》 《追忆》	1月，发表小说《稻妻》。 4月，发表小说《枯叶》。 5月，发表小说《追忆》。

1937年（昭和十二年） 35岁	6月，改造社发行《林芙美子选集》共七卷。

1938年（昭和十三年） 36岁	5月，《泣虫小僧》改编为电影。 6月，中央公论社发行《林芙美子长篇小说全集》共八卷。

1941年（昭和十六年） 39岁	8月，于东京下落合四丁目的新居落成。

1942年（昭和十七年） 40岁	10月，以从军作家身份前往爪哇、法属印度高原等地。

1943年（昭和十八年）	5月，结束从军返日。 12月，收养出生不久的男婴泰为养子。
41岁	

1944年（昭和十九年）	3月，丈夫绿敏与泰入籍林家。
42岁	

1948年（昭和二十三年）	11月，发表小说《晚菊》，并于隔年获得第三届女流文学奖。 12月，新潮社发行《林芙美子文库》共十卷。
46岁	
《晚菊》	

1949年（昭和二十四年）	1月，出版《放浪记 · 第三部》。 11月，《浮云》开始在《风雪》《文学界》杂志上连载。
47岁	
《放浪记 · 第三部》 《浮云》	

1950年（昭和二十五年）	冬天，心脏病恶化。
48岁	

<table>
<tr><td>1951年（昭和二十六年）</td><td rowspan="3">4月，《饭》开始在《朝日新闻》连载。
6月28日，因心脏麻痹过世，享年四十八岁。
7月1日于自宅举办告别式，由川端康成担任葬仪委员长，并发表吊唁词。</td></tr>
<tr><td>49岁</td></tr>
<tr><td>《饭》</td></tr>
</table>

参考资料：

林芙美子wikipedia（日文）

矶贝英夫、中泽圭，《林芙美子》（新潮社，1986年）

角田光代、桥本由起子，《林芙美子　女のひとり旅》（新潮社，2010年）

目　录

小说

随笔

小说

晚菊

傍晚，欣接了通电话，对方表示将于五时来访。思索着“五年没见了吧”，她放下电话看着时钟。离五点还有两个小时，得先去洗个澡才行。嘱咐女佣早点准备好晚饭后，她赶忙走向浴室。缓缓坐进热水里，她心想，一定要比上次见到对方时看起来更年轻，若显出老态可就输了。离开浴室后，她从冰箱里拿出冰块，仔细敲碎后裹上两层纱布，在镜子前仔细地按摩着脸庞。持续了十分钟后，她的脸庞开始泛红、麻痹，皮肤几乎失去了知觉。身为女人，五十六岁这数字让她恨得咬牙切齿。但她相信只要持续保养得宜，女人的岁月痕迹是可以被淡化的。她拿出进口的舶来品乳霜，抹在冰冷的脸上。镜中映着一副苍白如死人、已然老去的女人脸孔，正睁着大眼看着自己。妆化到一半，她突然憎恶起自己的脸，眼前霎时浮现出自己当初美艳到足以登上明信片的模样。她弯起膝盖，凝视着自己大腿的肌肤，不复往昔的丰腴与弹性、细细的静脉突起蜿蜒着。但，尚不至于过瘦的模样，让她稍感安慰。并起双腿，大腿间刚好密合。洗澡时，她总会这么做。她会端坐着并拢双腿，将热水倒在大腿的凹槽间，看着热水稳稳地积累在凹槽里。这让人安心的画面，抚慰着她的衰老，让她觉得自己还能吸引男人。她也发现，这点似乎成了她人生中唯一的倚盼。她张开双腿，像抚触着别人似的，轻抚着自己大腿内侧的肌肤，光滑、柔细，像浸润着油的鹿皮一般。她想起西鹤[①]在其所写的《伊势物语之遍览诸国》中提到，他前往伊势游览时，见到了两位弹奏三味线[②]的美女"小杉"与"小玉"。据说在开始弹奏三味线前，会有人将一副鲜红色的网在她们跟前展开，让客人们透过网眼瞄准她们的脸玩丢掷钱币的游戏。她无法不承认，这种需要张开鲜红色大网相隔、如浮世绘一般的美貌，对她来说已是仅存于昔日的往事了。年轻时，她一心沉溺于对金钱的追求，但随着年纪渐长，并经历过惨烈的

① 井原西鹤（1642—1693），日本江户时代的小说家。

② 日本的一种弦乐器，据说起源自中国的三弦琴。

战争后，她开始觉得没有男人的日子空虚且无依到难以招架。年龄增长后，她发现自己的美貌渐渐出现改变。时光流逝，她的美也开始出现不同的风韵。她并不会随着年纪增长便愚蠢地穿戴些夸张花哨的服饰。年过五十的女人，无论是将项链压在单薄的胸前、把大红格子裙当衬裙穿、穿着宽大的白色丝绸衬衫，或是为了遮掩额头的皱纹而戴上帽檐宽大的帽子等小心机，都让她觉得很讨厌。此外，像妓女一样刻意露出和服内领红布的下流的穿法，也让她深感厌恶。

至今，欣从没穿过一次西式服装。她身着一袭有着白色碎花的蓝色大岛绸[①]双层和服，衬着素净的纯白领子与白条纹浅奶油色的博多腰带[②]。从腰带上方露出的水蓝色衬布，令胸部绝无袒露之虞。她会将伊达卷[③]紧紧捆住腹部，充分托出胸前的丰腴线条，并绑出纤腰。她还参考

① 日本奄美大岛生产的一种和服布料。

② 博多织所制成的和服腰带，特色为密度高，不容易松脱。

③ 系在和服内的窄腰带。

西洋女性的聪明穿法，将薄薄的蚕丝腰垫衬在臀部上。她的头发一直都是茶褐色的，衬着她雪白的脸庞，一点都不像年过五十的女人所拥有的头发。身材原本就高挑的她，穿上下摆较短的和服，会让下摆显得更为整齐、干净利落。与男人见面前，她总是先穿戴上这一身职业般的素雅装扮，并在镜子前品上五勺冷酒。接着，她会将牙刷干净，确定嘴里不留下任何酒臭味。对她的身体来说，少量的酒比任何化妆品的效果都来得好。微醺后，她的眼眶会微微发红，大大的双眼也变得水汪汪。化上略显苍白的妆容后，利用名为“莉丝琳”[①]的乳霜微微遮掩脸上透出的红润，让她看来如刚睡醒般神采奕奕。高级的深红色胭脂，是只有双唇才能涂抹的颜色。年轻时从未涂过指甲油的她，年老后别说是指甲，她认为所有浓重的彩妆只会显得欲求不满且寒碜得可笑。保养双手时，她只会将手背均匀地涂上乳液，接着像有洁癖般将指甲剪得短短的，再用一小片毛绒布将指甲磨匀。会隐约外露的长版和服内

① 二战时于日本贩售的化妆品，具有润色底妆的功效。

衣袖口，她一律喜欢淡雅的颜色，她肯穿在身上的，尽是水蓝或粉桃等渐层晕染的横纹布料。她使用的香水带着甜甜的香气，仅擦在肩膀到丰腴的上胳膊，绝不抹在耳垂等部位。她并不想忘记自己身为女人一事。如果让自己变成俗世般邋遢的老女人，倒还不如死了算了。“余心有感，如需将己似他人，不如锦簇化蔷薇。”她很喜欢这首据说由著名女诗人①写下的短歌。光想到没有男人的生活，便让她不由自主地打起寒战。看着板谷带来的淡粉色蔷薇花瓣，花朵所散发的豪美，让她忆起了昔日。往昔的风俗、自己的爱好与能让她开心的事，一路上随时间渐渐转变，这一切都令她喜不自禁。孤枕独寝时，若在夜半醒来，她总会屈指数算着由少女时代开始交往过的男人。他和他，还有他，啊，对了，还有他……不过，在他之前，好像还先遇见了他才对吧……还是，是之后才遇见的呢？像是吟着数数歌般，对男人的回忆如烟似雾般缭绕着她的心。有时，想起与某些男子当初分开的方式，还会让她悲从中来

---

① 此处所指的女诗人为“与谢野晶子”，是名活跃于明治至昭和时期的诗人、作家，被日本作家田边圣子评为“千年方得一见之天才”。

地掉下眼泪。对于这些男子，她更喜欢忆起当初与他们一一相遇的情景。如同以前读过的《伊势物语》书中所述，或许因为过往与男人们的回忆盘踞于心，让她能在孤枕独眠的床上，享受着依稀忆起往昔风流韵事的喜悦——今天田部打来的电话并没有勾起她的回忆，却让她感觉像见到一瓶上好的葡萄酒摆在面前一般。田部只是被回忆勾着来访。或许是对往昔残存依恋的感伤，让他想前来回味一下恋情的烙印吧。她不能伫立在荒烟蔓草的断壁残垣前沉吟叹息，也不能流露出些微年龄与环境所带来的贫瘠。千万要端出谦虚有礼的表情，还得营造出能让两人亲密交谈的气氛。务必让他离去后依然念念不忘，觉得自己的女人依旧貌美如昔。完全不拖泥带水地打扮完后，欣站在镜前再次确认自己即将上场的模样。一切都必须完美才行……走到饭厅时，晚餐已经备好了。她和女佣对坐，一起吃着清淡的味噌汤、盐渍昆布与麦饭。接着，她打了颗蛋并一口喝下当中的蛋黄。打从过去，即使男人来访，她也很少替男人准备饭食。她从没想过要洗手做羹汤，细心地摆满整桌菜肴，好让男人以为她是值得疼爱的女人。她一点都不想做个贤惠的女人。在没打算结婚的男人面前，何必一味贤惠地献殷勤。因为喜欢这样的她而前来的男人，总会特意为她准备各式礼物。对她来说，这一切皆合情合理。她绝不会看上没钱的男人，因为没钱的男人是全世界最没魅力的生物。与她相恋的男人，如果穿着没用刷子清洁过的西装，或一脸无所谓地穿着掉了纽扣的衬衫，都会让她立刻生厌。对她来说，恋爱这件事，就像雕塑一件件艺术品一样。年轻时，人们说她像赤坂的万龙①。她曾见过嫁为人妻的万龙一面，的确是位让人目眩神迷的美女。那样无瑕的美丽，让她不住地赞叹，也让她领悟到，女人若想随时都保有美丽，没钱是绝对办不到的。她成为艺妓时只有十九岁。当时的她没有什么搬得上台面的技艺，只是因为脸蛋标致便当上了艺妓。当时，有位从法国到东洋来观光的老绅士把她叫到跟前，并将她当作日本的“玛格丽特·戈蒂埃”②来宠爱，而她也把自己当成了茶

---

① 明治末期的知名艺妓，时称“日本第一美女”。

② 法国作家小仲马的小说《茶花女》当中的女主角之名。

花女。虽然老绅士在床上的表现乏善可陈，但却是令她很难忘怀的人。名为米歇尔的他，依年龄算来，应该已长眠于法国北部某处了。当时米歇尔回到法国后，曾寄了一个镶着蛋白石与碎钻的手环给她，即使战时如何困苦，唯独这一件首饰她坚持不肯典当——曾与欣交往过的男人，许多之后都飞黄腾达，但战后，却一个个音讯全无。虽然外传相泽欣攒了不少积蓄，但她却完全没考虑过经营茶屋或餐馆。她所拥有的财产，除了在战争中没被烧毁的老家之外，便只有位于热海的一间别墅，并不如人们谣传般腰缠万贯。别墅原本在妹妹的名下，战争结束后也找时机转卖了。平时无所事事的女佣阿绢，是妹妹介绍来的聋哑人士。欣平时的生活相当简朴，既不喜欢看电影或看戏，也讨厌没事出门乱逛。她讨厌自己沐浴在阳光下的老态为人所见。在明亮的阳光下，女人们年华老去的惨状再也无所遮掩。无论花多少钱精心打扮，在天光下仍无处遁形。如同躲藏于阴影下的花朵般，她对这样的生活很满意，而她最大的兴趣则是阅读小说。虽然有人劝她为了老后有人照顾该领养个女孩，但她非常不喜欢那些与“老”有关的思虑，因此至今仍独身一人。而她之所以坚持独身，其实还有另一个理由——她没有父母。她只记得自己出生在秋田县本庄市附近名为“小砂川”的地方，大约五岁时被带到东京，改姓为相泽，成了相泽家的女儿。往来大连经营建筑业的养父相泽次久郎，在她上国小时去往大连后便音讯全无。名为律的养母是个理财高手，懂得买卖股票、建屋租人。当时她们住在牛込区的稿店，只要一提起稿店的相泽家，在牛込可是鼎鼎有名的富贵人家。当时，在神乐坂有家姓辰井的老牌足袋[①]店，店里有位名为“町子”的美人。这间足袋店与人形町的茗雅屋[②]一样颇有历史，即使在东京的高级住宅区，辰井家的足袋也一样深获好评。挂着深蓝色门帘的宽广店门口放着一台缝纫机，顶着裂桃式发髻、立着黑缎领子的町子踩着缝纫机的模样，广受早稻田大学的学生的喜爱，来买足袋的学生甚至会刻意留下小费。但比町子年轻五六岁的她，在町内也是广为人知的

---

① 是一种分趾袜，可搭配木屐穿着。

② 位于东京的知名老牌足袋店。

美少女，人们甚至称她们为神乐坂的两位“小町”[①]。欣十九岁那年，有个叫鸟越的赌徒开始出入相泽家，从此家道中落，养母律又染上酒瘾，让她过了一段漫长又灰暗的生活。尔后，更因为一个不经意的玩笑，导致她被鸟越借机玷污。自暴自弃的她离家出走，来到赤坂的铃木家成为艺妓。差不多与此同时，辰井家的町子穿着漂亮的和服登上第一台日本自造的飞机，却坠毁在州崎的平原上。新闻一出，各家报纸抢着报道，轰动一时。而她则以“欣也”这个名字出道成为艺妓，不久，讲谈社杂志刊载了她的照片，而后还被制成了当时风行一时的明信片。

如今忆起，这些虽都成了陈年往事，但至今，她仍无法接受自己已是位年过五十的女人。有时，她会觉得这一路走来漫长；有时，她会觉得逝去的只是短暂的青春。养母过世后，所剩无几的家产全由她成为养女后才出生的妹妹澄子继承，对欣而言，这个曾收养她的家庭已与她毫不

① 此处指的是“小野小町”，日本平安时代的女和歌歌人，相传美貌绝伦。

相关。

当澄子夫妻在户冢经营学生宿舍时，欣刚与结婚三年的丈夫仳离，于是她到澄子的宿舍租了间房，悠闲度日。就在这个时候，她认识了田部。当时，太平洋战争刚开始。她在澄子的饭厅偶然认识了还是学生的田部。年龄相差到几乎可当母子的两人，不知何时偷偷摸摸地成了一对。年届五十的她，在不熟识的人眼中看来不过年仅三十七八，两道浓眉也替她平添不少娇媚。大学毕业后，田部很快便去从军，并以陆军少尉的身份参战。田部的部队驻扎在广岛时，她也两度前往广岛拜访田部。

抵达广岛后，她在旅馆寻找田部穿着军装的身影。虽然田部身上传来的皮革臭味让她很难受，她还是与田部在广岛的旅馆共度了两宿。之后她曾向人坦承，当时她千里迢迢地前去探访，抵达广岛时早已精疲力竭，还要应付精力旺盛的田部，一度觉得自己快累死了。两次前往广岛找田部后，虽然田部接着发了好几通电报给她，她却再也没去过广岛。昭和十七年，田部转往缅甸，战争结束的隔年五月回到日本。一到日本，田部便立刻到她位于东京沼田的家来看她。那时的田部苍老了许多，连门牙都掉了。看到田部的模样，她脑中的美好回忆霎时荡然无存，失望至极。出生于广岛的田部，他的哥哥是广岛的议员，于是他接受哥哥的帮助开了间汽车公司。距离上次在东京和他告别不过一年的时间，他竟像脱胎换骨似的以朗朗绅士的模样再次出现在欣面前，并告诉她，自己就快成婚了。之后又过了一年，她与田部未曾再见——当初空袭景况惨烈时，她以等同捡来的价钱买到了现在沼田这间附有电话的房子，因此便从户冢迁居到沼田来。沼田与户冢的距离就如眼与鼻一样近，她在沼田的房子虽安然无事，澄子在户冢的房子却被烧毁了。澄子一家逃到她的住所避难，但战争结束后，她便逼他们离开自立门户。澄子一家回到户冢，在原本被烧光的房子原地盖起了新家。当初虽然是被赶出来的，如今澄子却十分感谢她。因为回头想想，被赶出来的时候战争刚结束，所以才能以很便宜的价钱重建老家。

欣也把热海的别墅给卖了，拿到近三十万的收入，再用这笔钱购买战后残破的房子，装修改建后再以三四倍的价格卖出。对赚钱这档事，她并不躁进。根据她这些年来的经验与心得，只要不急着赚钱，便能因渐进式的获利而像雪球一般越滚越大。将钱借给他人时，她不收高额的利息，反倒以低利但加上担保品的方式借贷。战争开始后，她觉得银行越来越不可靠，因此尽量把钱从银行提领出来。但她也不像农家人会傻傻地将钱藏在家里，而是将钱托给澄子的丈夫浩义，让他去帮忙处理借贷。她很清楚，只要提几成获利给对方作为报酬，就能让对方爽快地帮忙跑腿。她与女佣住在一栋只有四间房的屋子里，从外头看似乎冷冷清清，但她却一点也不觉得寂寞。她并不喜欢出门，也不觉得两个人一块儿生活有什么不方便。她认为，与其为了防小偷而养狗，不如把门窗关紧点比较实在，因此，跟其他住家相比，她屋内的门窗总是关得好好的。由于女佣是个哑巴，所以无论有什么男人上门来，她都不必担心女佣会说出去。但也因为如此，有时，她会胡思乱想自己在家中遭逢凶残杀害的景况。对这间安静到几乎只回荡着窒息般寂静的屋子，她也会感到不安。从早到晚，她都让收音机开着。这事儿，她从没忘记过。那阵子，她认识了一位在千叶县松户市造花坛的男人，就是他的兄长从她手中买走了热海的那栋别墅。战时，他在河内经营贸易公司，战后归国靠着兄长的挹注开始从事花农的工作。虽然年纪不过四十出头，却已童山濯濯，看来较实际年龄年长。男人名叫板谷清次。板谷曾因为房子的事来找过她，曾几何时，板谷开始每周都到她家来。自从板谷固定前来后，她家里总是充满着板谷作为伴手礼带来的美丽花朵。今天，壁龛上的花瓶也插着名为“卡斯塔妮安”的黄色蔷薇。某人的歌里曾写道：“银杏之叶始凋零，回忆涌心头，园中冷霜湿蔷薇。黄色蔷薇，引人思忆盛年之美。”清晨被霜水沾湿的蔷薇，散发的香气牵引着她心头的回忆。接到田部打来的电话，让她了解到，比起板谷，年轻的田部更吸引她。如今想想，那时在广岛虽然很累人，但对正在从军且年轻的田部来说，那样粗鲁的青春率性似乎也无可厚非，甚至成了颇为甜蜜的回忆。正因为回忆深刻激烈，随着时光的推移，反而更令人思念——带着大包袱的田部，抵达时已经五点多了。他从包袱里拿出了威士忌、火腿、奶酪后，随性地在长火盆前坐了下来。当年的青春模样已不复见。身穿灰格子西装、深绿色长裤的他，看起来和时下的机器制造商没什么两样。

“你还是很美啊。”

“是吗？谢谢。但，还是老了啊。”

“不不不，你比我家那口子艳丽多了。”

“夫人不是还很年轻？”

“年轻归年轻，就是个乡下人。”

她从田部的烟盒里抽出一根烟点上火。女佣拿着威士忌杯与盘子过来，盘里盛着田部带来的火腿与奶酪。

“这女孩不错呀……”田部满脸笑容地说。

“是啊，不过是个哑巴。”

虽然一脸讶异，田部依旧目不转睛地看着女佣。

女佣以温柔的眼神，礼貌地向田部点头行礼。之前从未把女佣看在眼里的她，此刻，却觉得女佣的青春年华很刺眼。

“生活一切顺利吗？”

“下个月孩子就要出生了。”田部吐出一大口烟，用一脸“你在跟我说话吗？”的表情回道。

“喔，这样啊。”她拿着威士忌瓶，把酒往田部的杯子里倒。田部将美酒一饮而尽，并替她倒了杯威士忌。

“你的日子过得真不错。”

“嗯？怎么说？”

“外头明明风云变幻，只有你始终没什么变化，真是不可思议啊……反正，凭你的本事，应该有不错的‘赞助人’吧？当女人真好啊。”

“你这是在讽刺我吗？田部先生，我可没麻烦过你，做出会让你这么评价我的事吧？”

“你生气啦？我不是那个意思，不是那个意思啦。我是想说，你是个很幸福的人。因为男人工作太辛苦了，所以才不小心说出那种话。现今的世道，根本无法轻松过日子，不是坑人就是被人坑。我每天都过得像赌徒一样。”

“景气不是挺好的吗？”

“并不好啊……就像在走钢丝一样。必须花钱时，就像耳鸣一样痛苦啊。”

她静静地啜着威士忌。蟋蟀在墙缘鸣叫着，听来烦人又抑郁。田部喝下第二杯威士忌后，粗鲁地越过火盆抓住她的手。她未戴戒指的手，就像丝绢手帕般丝华柔顺。她尽力使指尖放松，屏息着。那只松开劲的手分外冰冷且柔软。田部醺醉的眼底，昔日的种种直往心门冲来。眼前坐着的女子，一如既往地美丽。在川流不息的岁月中，人生体验在点滴积累。在此洪流中，有飞跃也有跌坠，然而，这名昔日交往过的女子，却丝毫不见变化，一副处变不惊的样子端坐眼前。田部凝视着她的双眼，眼周的细纹一如过往，轮廓也不见崩塌。田部很想知道这女子是怎么过日子的，说不定，她对社会上发生的一切都无动于衷也说不定。房子里摆着橱柜、火盆，还有大把大把奢华的蔷薇。而她，则微笑着坐在自己跟前。她应该不止五十了吧，却仍散发着浓浓的女人味。田部并不清楚她真正的年龄。住在公寓里的田部，脑中浮现出老婆刚满二十五岁、蜡黄着脸的疲惫模样。欣从火盆的小抽屉里拿出细长的银制烟管，插上已经抽短的香烟后点上火。她发现，田部不时抖动着膝盖。她不动声色地观察着田部的表情，心想：他或许在金钱上遇到了麻烦。当年到广岛找他时所怀抱的炙热情感，已不再盘踞她的心中。她发现，一遇上现实，两人间长长的空白只让人觉得尴尬，而这些尴尬与不协调，让她更觉寂寞。无论如何，都不可能像往日那般重燃旧情了吧。她甚至思忖着，或许因为对这男人的肉体太了解，才让自己觉得他一点魅力都没有了吧。即使当下气氛不错，自己却无法燃起热情，这让她焦躁了起来。

“你有没有看在你的面子上，肯借你四十万的人？”

“嗯？你是说四十万元吗？这可不是一笔小数目啊。”

“嗯。但我现在很需要这笔钱。你有认识这样的人吗？”

“没有呢。而且，你怎么会和没收入的我提这档事呢？”

她突然感到一阵心寒，开始怀念起与板谷间恬静的往来。怀着失望的心情，她拎起冒着热气、煮沸的铁水壶，开始注水沏茶。

“那，二十万呢？我会很感激你的……”

“你这个人真奇怪。你不是很清楚我没钱吗？为什么一直跟我提钱的事呢？我自己也挺需要钱啊。你不是为了想见我才过来，而是来找我谈钱的事吧？”

“不不不，当然是为了来看你，因为我想见你啊。只是我想，如果是你的话，应该什么都能商量。”

“跟你哥商量不就成了？”

“这笔钱我没办法跟我哥提。”

没有回话的欣突然想到，停留在自己身上的青春，或许也只剩一两年了吧。如今看来，昔日那段铭刻于心的恋情，似乎并未给彼此带来什么影响。那或许不是恋爱，而不过是男女间强烈的吸引罢了，他们之间的羁绊如同随风飘扬的落叶一般不堪一击。此刻坐在这里的自己与田部，只像两个毫无牵连的旧识。一道冷流窜过她的胸口。田部像突然想起什么，笑嘻嘻、小声地询问正在喝茶的她。

“我可以在这儿过夜吗？”

她一脸惊讶地说：“不行。别跟我开玩笑。”为了让眼尾的皱纹看来较不明显，她节制地微笑回应，洁白的皓齿闪着光。

“好无情喔。我不会再提跟钱有关的事了，刚刚只是突然想跟过去的你撒撒娇而已。不过——你这里真像另一个世界呀。你就是恶人行大运呀，无论遇到什么事都打不倒你，太了不起了。如果是现在的年轻女孩，早就惨兮兮了。对了，你跳舞吗？”

她闷哼着冷笑了一声。跟我说年轻女孩如何、如何……这些事我可没兴趣。

“跳舞什么的，我不会。你呢？”

“多少会点儿。”

“这么说，应该有个不错的舞伴啰，所以才会需要钱？”

“胡说什么，我才不会把钱乱花在养女人这事上。”

“是吗？不过，这可是绅士们才会的才艺呀。如果不是事业有成的人，学不起这门才艺吧？”

“那只是撑撑门面而已，手头上可是一穷二白的。虽说世事本就浮沉不定，但最近还是挺惶恐的……”

欣抿着嘴“呵呵”地笑了笑，直盯着田部茂密的黑发，依旧颇茂密的头发垂在额头上。虽然发丝上已不复戴着学士帽时的水润光泽，脸庞也散发着已届中年的愤世嫉俗。看起来虽然没什么气质，但神情还带着份倔强。像是猛兽远远嗅着猎物的气味一样，她一面观察着田部，一面替他沏了杯茶。

“听说最近货币会贬值，是真的吗？”她开玩笑地问着。

“你的钱多到会让你担心吗？”

“真是的！一下就把话题转到那里，你真的变了。我只是听人这么说而已。”

“谁知道呢？现在的日本大概也没能力让货币贬值吧。如果你没那么多现金，就不必担心这种事了。”

“这么说也对……”她急忙往田部的杯里倒威士忌。

“唉，真想到箱根之类安静的地方去啊，想到那里去大睡个两三天。”

“这么累？”

“嗯，为了钱的事。”

“不过，为了钱担心挺像你会做的事，不是吗？总好过为了女人的事担心吧……”

田部非常讨厌她那道貌岸然的模样。他像看着上好的古董一般看着她，自己也觉得古怪。田部一面看着她的下巴四周一面心想，自己肯跟她过一夜，真算是施舍她了。她线条分明的下巴，展现出坚强的意志力。适才见到的聋哑女佣丰盈年轻的模样，与眼前她的模样莫名地重叠为一。虽称不上是美女，但即使对见过许多女人的田部来说，她依旧很亮眼。或者说，如果今天才第一次遇见她，现在自己便不会如此不耐烦了吧。一面这么想着，田部在她看来比刚才更加疲累的脸上见到了岁月的痕迹。她像察觉到什么似的，突然起身走向隔壁的房间，来到梳妆台前拿出荷尔蒙注射器，倏地插向手臂。她一面拿脱脂棉用力揉着刚刚注射的部位，一面看着镜中的自己，拿起粉扑压了压鼻头。两个丝毫不觉兴奋的男女，这般百无聊赖地重逢，让她感到失望又无奈，泪水像毫无预警、神出鬼没的恶徒般淹没她的眼眶。如果对方是板谷，她便可以趴在他的腿上大哭，可以好好地向他撒娇。但坐在长火盆前的田部，却让她不知道自己究竟是讨厌还是喜欢他。虽然想叫他回去，但她又焦虑地希望能在对方心底留下些什么。自两人分开后，田部一定见识过许多女人。她去上了厕所，走回来时探头看了一下佣人房，见到阿绢正在用报纸制作纸型，努力地练习裁剪。浑圆的屁股直挨着榻榻米，弯着身子用剪刀剪着纸样。整齐盘起的发尾下，露出白皙、丰腴的肌肤，让人看得入迷。她装作若无其事地走回长火盆前。田部已经躺在火盆旁。她转开放在茶柜上的收音机。突如其来的巨大乐声中，流泻出第九交响曲的乐音。田部倏然坐起身，接着拿起装着威士忌的杯子啜饮。

“我们曾一起到过柴又的川甚[①]，那时雨下得好大，我们还一起吃着没有饭的鳗鱼饭呢。”

“是啊，的确有过这么一回事。那时候，已经很难取得需要的食材了。还有啊，在你从军前，壁龛上插着红色的鹿子百合花，我们两个还把花瓶弄倒了，你记得吗？”

“记得，记得……”

她的脸庞突然变得丰满润泽起来，表情也变得青春洋溢。

“我们什么时候再去一次吧？”

“噢，可以啊。不过，总觉得提不起劲了……反正那

① 位于东京都葛饰区柴又的日本料理店。

里现在也没什么好吃的了。”

为了不使刚才让自己流泪的伤感消失，她静静地努力拉回昔日的回忆。但忆起的，却是与田部截然不同的另一张男人的脸。她想起来，除了与田部到过柴又，战争刚结束不久，她又与一位叫山崎的男性去过一次。前阵子，山崎刚因胃部手术去世。她脑海里浮现了夏季尾声时闷热的江户川旁，川甚店里那微暗的房间。耳边传来自动抽水机“扑通”“扑通”的声音，窗边的江户川堤防上，外出采购的人骑着脚踏车，像是相互竞赛般发出“叽嘎叽嘎”的声响。虽然当时与山崎只是第二次幽会，但山崎从未有过女人的青涩感，反倒让她感到格外神圣。食物相当丰盛，战争刚结束后消沉的社会氛围，反而让她觉得像处于真空般宁静。她想起，那晚直到深夜才返家，他们搭着前往新小岩的公交车，行驶在宽广的军用道路上。

“之后，你认识了什么有趣的人吗？”

“我？”

“嗯……”

“有趣的人，除了你之外就没啦。”

“胡说！”

“真是的，怎么不相信我呢？像我这样的人，谁会想和我交往……”

“我才不相信你。”

“是嘛……不过，今后我打算活得尽兴点，才不枉此生。”

“你啊，应该还能活很久啦。”

“才不要呢。活太久，会老得不像样……”

“不再搞七捻三了？”

“哎呀，你这个人，当初的清纯怎么一点都不剩了。为什么会变成这样一个狗嘴里吐不出象牙来的人呢？你以前好歹是个翩翩青年呀。”

田部拿走她手里的银制烟管吸了口，苦涩与扎人的滋味突然卷上舌头。田部拿出手帕，对着吐了吐口水。

“我没清烟管，堵住了吧。”

她一边笑着一边拿走烟管，在草纸上稍微用力甩了甩。田部想，这女人的生活真是不可思议。世间的残酷，未曾在她身上留下一丝痕迹。依她的生活状态，要拿出二三十万应该还是有的。田部虽然对她的肉体没什么依恋，却对这女人隐藏在日常下的优渥生活甚感兴趣。从战场上回来后，只凭一股傻劲想尝试做生意，但兄长给的车钱半年就亏光了。虽然有了老婆，但在外头也有别的女人，而那女人最近也快生孩子了。因为想起她这个女人，心想也许她能帮忙周转才来找她，但看到她对自己不再像以往一般一往情深，还摆出一副见外的模样，让他心里很不是滋味。与田部久违的重逢，并未让她燃起往昔的热情。她举止端正、表情严谨，让田部感到难以亲近。田部再次拾起她的手用力握住。她连身体都没往前倾，就这样任由田部抓着她的手，用另一只手清理着烟管。

在经历了这么长的岁月之后，两人早已将复杂的情感收拾好埋藏心中。昔日令人怀念的旧情已无法复燃，仅能并行于岁月中，与两人一起老去。两人沉默着，各自怀揣着今昔，沉溺在幻灭的轮回中。两人在复杂且累人心绪的状态下重逢，如小说情节般的偶然，在现实中不见一丝痕迹。小说中的世界或许太过天真，而人生中的真实一面却有着太多细节无法明说。或许，这两个人正是为了在这里相互推开对方而重逢。田部曾幻想过杀死她，但一想到即使杀死这样的女人也是种罪过，便觉得有些不可思议。即使杀死一两个像她这种根本没人在意的女人，应该也没什么大不了，但一想到会因此成为罪犯便觉得划不来。即使田部认为她不过是个如蝼蚁般的老女人，但这女人却能万事不扰地一路生存于世。那两个衣柜中，一定塞满了这五十年来她穿过的和服。以前田部曾看过一个叫米歇尔的法国人送她的手环，她一定还有像那样的珠宝。这间房子一定也是她的财产。田部一边放胆想象着，杀掉一个家里只有哑巴女佣的女人没什么大不了的，但又想起自己在战况最激烈的学生时期对这女人的情感，历历在目的回忆令他窒息。或许是因为喝醉了，田部觉得眼前她的模样像渗入了自己的皮肤一般。虽然田部现在连她的手都不想碰，昔日的她却在田部的心里沉沉地烙上印记。

她站起身来，从抽屉中拿出一张田部学生时代的照片。

“噢，你怎么有这东西？”

“原本放在澄子那里，我跟她要来的。照片是在遇见我之前拍的，对吧？那时候的你，看起来真像个贵公子。这蓝底白条的衣服真好看呀。照片你拿去吧，给夫人瞧瞧多好。真是个美男子，看起来一点都不像嘴里吐不出象牙的人。”

“我也有过那样的时候啊。”

“是啊。如果依那模样好好成长，田部先生应该会成为了不起的人物吧！”

“你的意思是我没有好好成长？”

“是啊。”

“还不都是因为你，还有战争打太久的缘故。”

“哎呀，这么说也太牵强了。那些怎么会是原因呢？你啊，变得太世俗了……”

“太世俗？这才是人真正的模样啊。”

“不过，我带着你的照片这么长一段时间，那份纯情不也挺好的？”

“因为多少有些怀念吧。你没给过我你的吧？”

“我的照片吗？”

“嗯。”

“我很怕照相啊。不过，当时我曾把当艺伎时的照片寄到战地给你，不是吗？”

“不知道弄到哪儿去了……”

“你看看你。跟你比起来，我可纯情多了。”

长火盆中的炭依旧稳固地堆叠着，田部却已酩酊大醉。她跟前的杯子里依旧盛着起初倒的那杯酒，还余着大半杯。田部一口喝完冰冷的茶汤，兴味索然地将自己的照片搁在地板的横木上。

“你来得及搭电车吗？”

“我不回去啦。都喝得那么醉了，你还要赶我出去？”

“是啊，我打算把你扔出去。这房子里只有女人家，邻居会嚼舌根的。”

“邻居？喔！真没想到你会介意这种事呀！”

“我介意。”

“你的老相好会回来吗？”

“真是的！田部先生你这个讨厌鬼，真是太让我心寒了。这种话你也说得出口，太讨人厌了！”

“随你说啦。反正如果弄不到钱，我这两三天是回不去了。干脆你就让我待在这儿吧……”

她用双手撑着脸颊，睁大眼看着田部苍白的嘴唇。即使是跨越百年的爱恋，此刻也该梦醒了。她沉默着端详眼前的男人。如昔日般能触动彼此心弦的情感，早已消失殆尽。明明处于壮年，却没有一点男人该有的羞耻心，大概随便给他点钱就能打发他走。但，眼前这烂醉如泥的家伙，却让她连一分钱都不想给他。她想，拿钱给不懂世事的男人还值得些。她最讨厌的，就是一点自尊心都没有的男人。她遇到过好几个未经世事却对她意乱情迷的男人，那些男人的纯真很吸引她，甚至让她觉得极为珍贵。除了挑选理想的对象外，其他事她根本不感兴趣。在她心里，田部已被她贬为低俗无趣的男人。田部没战死在沙场上并顺利返乡，可见他运气不错。此事，让她不得不相信命运。她开始认为，单凭当初自己一路追着田部到广岛去时经历的辛苦，即使跟这男人分手，自己也不亏欠他什么了。

“你干吗直盯着我看？”

“咦？你不也从刚才就一直盯着我看，在打什么主意吗？”

“哪有。因为无论什么时候见到你，你都还是这么美，让我看得入迷了。”

“是吗？我也是啊。我也觉得田部先生好英俊啊。”

“这是反话吧？”

田部使劲压抑着不让自己说出想杀害她的妄想，以“这是反话吧”一句带过。

“你正值壮年，将来还大有可为呢。”

“你不也一样？”

“我？我已经不行了。之后只会越来越人老珠黄。再过个两三年，我就想回乡下过日子了。”

“所以，‘要一路活到七老八十，还要继续红杏出墙’，都是随便说说的？”

“啧。我可没说过这种话。我啊，只不过是活在回忆中的女人。咱们好好当朋友吧。”

“真会转移话题。少跟我说这些年轻女生才会说的话。给我听好，回忆那种事，无所谓啦。”

“是吗？提起柴又一事的人可是你。”

田部又焦躁地抖起双膝。钱，我要钱。就算她只肯借五万都好。

“真的没办法吗？把公司抵押给你也不行？”

“嗯？又跟我提钱？这事我真的帮不上忙。我身无长物，也不认识什么有钱人。虽然看来过得不错，但我可真没钱。我还想跟你借呢……”

“如果今后一切顺利，我一定会报答你的。因为你是我怎么都难以忘怀的人啊……”

“这些话，我听多了……之前不是跟你说过别跟我提钱了吗？”

倏地，四周像被如水般潮湿的秋风扫过似的，田部握住了长火盆的火钳，他的眉眼霎时布满骇人的愤怒。田部用力握着手中的火钳，朝向如迷般诱惑着他的身影。他胸腔中的鼓动，发出如雷般的声响，让他更加激动。她满脸不安地盯着田部的手。她突然觉得有些似曾相识，这场面似乎也曾发生在周遭的人身上。

“你喝醉了。今天就睡在这儿吧……”

田部听到今天能住在这儿，方才松开了手上的火钳。或许本来就打算来这里大醉一场，田部摇晃着起身朝厕所走去。看着田部的背影，她隐约察觉出田部的意图，轻蔑地在心底闷哼了一声。这场战争，让所有人的心态都为之大变。她从茶柜里拿出一颗Philopon[①]，搭着水一饮而下。威士忌还剩三分之一，让他把这些全喝下，烂醉后大睡一场，明早再把他赶出去。不过，自己倒是不用睡了。她将田部年轻时的照片扔进火盆里熊熊烧着的烈火中，一会儿便冒出了浓烟，四周弥漫着焚烧物品的气味。女佣阿绢从敞开的拉门后探头看了看，她笑着用手势示意，让阿绢去客房把床褥铺好。为了掩盖焚烧纸张的气味，她往火堆中丢了一片薄薄的奶酪。

“你在烧什么？”从厕所回来的田部将手搭在女佣丰腴的肩膀上，从拉门后往内窥视。

“我本来想试试奶酪烤过后吃起来是什么滋味，所以

---

① 药品名，以甲基苯丙胺为主成分的兴奋剂，日本曾于战时制成成药贩售，提供需长时间工作的军人或工人使用。

用火钳夹着烤，却不小心掉进去了。”

在白色的烟尘中，一股黑烟直窜而出。圆形的电灯玻璃罩，看来就像在云层中探出脸来的月亮。油脂燃烧后发出刺鼻的气味。她被浓烟呛得直咳嗽，粗暴地拉开了四周的隔窗与拉门……

幸福的彼岸

◦•◦ 1

位于二楼、夕阳斜照的洗衣店，是绢子与信一首次相遇的地方。

进入十二月后，天气难得地温暖，即使不用火盆也能度日。

信一不断地用手帕拭着额头的汗。

绢子时不时悄悄地望着信一的脸庞。

在医院住了一段时间，让他的脸色略显苍白，表情却一点都不阴郁，耳朵也丰腴有肉。虽然下巴有些方正，但信一偶尔为了避开刺眼的夕阳而将头转向墙壁的侧脸，让绢子觉得似曾相识，亲切感油然而生。

信一穿着整齐的西装，在窗边坐了下来。充当媒人的吉尾一面晃着童山濯濯的脑袋，一面笨拙地将寿司与茶送上桌。

“绢子小姐，请替信一先生夹个寿司吧。”

语毕，吉尾似乎因为有其他事要忙，又走下楼去了。有只大苍蝇在寿司盘上飞着，发出微小的嗡嗡声。绢子静静地挥手赶走苍蝇，老实地将身子倾向寿司盘，将寿司夹到小盘子里，又静静地将小盘子放在信一跪坐的膝盖上。信一用两手拿起盘子，满脸羞涩。绢子接着将卫生筷拉开，没多说什么便将筷子塞到信一手中。信一慌张但恭敬地将筷子接下。

适才轻碰到手指的触感，让绢子胸口一阵热烫翻腾。

她想，她应该喜欢信一。

虽然没办法清楚说明缘由，如海浪般汹涌的情感已弥漫着她的内心。

信一将盘子放在大腿上，沉默着。

透过玻璃窗可看到啤酒公司高耸的烟囱。沉默让绢子感到局促不安，她开始蘸着小碟子里的酱油，给信一盘里的寿司一个个仔细抹上。

“啊，不好意思……”

酱油的香气，让信一羞赧地把头又往下低了一寸，一脸局促。绢子觉得信一是个好人。她想，得找点话说才行。话虽如此，但在心里东思西想后，她却仍不知道该跟信一聊些什么才好。

信一戴着一副浅色的墨镜，看来与常人无异，丝毫察觉不出他的眼睛哪里有问题。

绢子鼓起勇气问道："村井先生有什么喜好吗？"

"哪方面呢？食物的话，我什么都吃。"

"这样啊。那……您……最喜欢吃什么呢？"

"最喜欢的……我最喜欢乌冬面……"

"是吗？"

绢子忍不住笑了起来。她也很喜欢乌冬面，待在二宫家时，二宫家的小姐也很喜欢乌冬面，因此绢子几乎每天都会煮些清淡的乌冬面。

提到乌冬面，御前崎[①]滔滔的浪声似乎又在耳边响起。绢子与信一是同乡，他今年二十八岁，比绢子年长七岁，去年才因为在战场上失去一只眼睛而返乡。

---

① 位于静冈县中西部。

○●○ 2

经过那次随性的相亲后，不到一周两人便举行了婚礼。他们在千种町[①]的车站附近买了间房子。房子交屋不久，他们便拜托吉尾看家，动身前往位于御前崎的老家。

信一的老家务农兼做渔业，虽然家贫，但父亲与兄弟夫妇都是相当善良的人。信一的母亲则在他年幼时便身故了。

某晚，信一对绢子提起这件事。

“因为我家很穷，所以我一直想着，中学毕业后一定要成为郡里最有钱的人。但后来因为付不出学费，连中学也没念完就到名古屋的陶器公司当制陶工人。之后，又因为打仗失去一只眼睛后返乡……或许都是命运的安排吧。能从战场上捡回一条命是命运，能与你在一起也是不可思议的命运……”

信一将头伏在暖桌上，像是回想起了遥远的往昔。

---

① 位于兵库县中西部。

海浪声滔滔不绝。

信一的老家有很多孩子，房子又狭小，因此向附近灯塔旁的茶屋租了间房间，让信一他们能自在地住下。

入夜后，灯塔的光线将远方的海面染成一片金黄。投射在幽暗的天空中，形成点点晶莹的白色光线，有时就像芒草的花穗般摇曳着。夜雨中灯塔透出的光线相当漂亮。

从村里的小学毕业后没多久，绢子便前往名古屋，通过亲戚吉尾的介绍，住进从事棉布买卖的二宫家担任女佣。

因为负责照顾二宫家的小姐，所以绢子没吃到什么苦头便一路在二宫家待到了二十一岁。然而小姐今年冬天嫁到东京去了，绢子这才离开二宫家，到亲戚吉尾家暂住。

虽谈不上是个美人，但绢子确实是个可爱的女孩。她个头挺大、不拘小节，对人也很和善有礼。在二宫家时，绢子曾有两次论及婚嫁的机会，其中一次是被迫去相亲，但绢子并不喜欢那个男人。那男人是贩售织布机的商人，似乎早就惯于花天酒地，与绢子初次见面便语带轻浮，不断抽烟还露出一口大黄牙。

因为绢子不喜欢他，所以便拒绝了这桩婚事。

对于结婚老是被当成是件肤浅的事，绢子真是厌恶到了极点。话虽如此，但不知为何，有时绢子也觉得自己的身体痛苦得像是快烧起来似的，让她焦躁难安。

当吉尾跟绢子提起信一的事时，她根本提不起什么兴致。毕竟曾有过失败的相亲经验，再加上绢子不喜欢以商人或工匠为职的人。然而，虽然绢子的理想是嫁给上班族，但当她听见对方是在战场上失去一只眼睛返乡的人，不知为何竟有些悸动，让绢子想见见信一。

虽然第一次见面就觉得信一人很好，结婚后，绢子更觉得信一是个细心体贴的好人。

但每天一早刚睁开眼便放声高歌的信一，还是让绢子觉得古怪至极。

每天早上，信一总是唱着如童谣般的歌曲。

◦•◦ 3

今早吃过早饭后，两人一如既往地自灯塔旁走下水泥台阶，朝海边走去。

天气虽寒冷，但因为没什么风，所以四周颇为闲静。出海捕虾的渔船，正在海上撒着网。

白色的渔网摊晒在没有太多起伏的沙滩上。信一与绢子挨着收纳渔网的稻草屋墙，在沙滩上坐下。四下寂静，唯有海浪声滔滔回荡于胸臆中。抚过铅灰色海洋的风，嗅得到带着药水臭味的潮水味。

“可要好好吸一吸这里的空气才能回去喔。”

绢子孩子气地说着。信一像在听着涛声，短暂地沉默着，突然像想起了什么，他挑起眉看向绢子。

“我帮你点支烟吧？”

绢子从手帕中拿出裹着的香烟与火柴，将烟放在信一的大腿上。

“我之前本来想问你……吉尾先生，到底是怎么跟你说我的事的？”

“怎么说？”

“我的意思是，他是怎么跟你说关于我的事……”

“关于你的事……你指的是什么？”

“看样子，吉尾先生为了袒护我，似乎什么都没跟你说啊……”

“你到底在问哪方面的事呀？就算你之前发生过什么事，事到如今也都无关紧要了吧。”

“不。如果他没跟你说，的确不太好……”

绢子一面思索着到底是什么事，一面划着火柴。蓝色的火焰，让指尖发烫着。信一陶醉地抽着烟，白色的烟雾往海的方向飘去后倏然消失。

“吉尾先生跟你说过我有孩子吗？”

“啊？”

绢子屏息凝视着信一。

“对吧，看来吉尾先生并没有跟你说过这档事吧？”

说完，信一沉默地站起身来，一个人缓缓地往海边走去。好一会儿，绢子愣愣地望着信一的背影，即便如此，她还是深信刚刚信一只是胡说而已。不过，说起孩子这件事，绢子想起信一的房里的确有小孩的照片。桌上有，墙壁上也有。因为绢子从未想过信一可能结过婚，才没把那些照片放在心上。曾掠过眼前的小孩照片里，似乎有个女孩子。

绢子本想刻跑到信一立身边，却又突然想就这样放他自己一个人。

他有孩子……绢子怎么都无法相信。信一穿着棉袄、大外套，拄着拐杖的背影，看起来孤单无依、摇摇晃晃。

绢子把香烟与火柴用手帕包好后起身，迎着寒冷的海风，踉跄地朝信一走去。信一正小声地吹着口哨。

“我不想这样一个人走啊……”

坐在稻草屋旁，不觉得天有这么冷，但往海边走去，却发现刮着的海风冷得令人屏息。

“要是感冒就不好了，回去吧。”

绢子拉着信一大外套的袖子，小声地说。空无一人的海边像沙漠般荒凉。衬着乌云满布的天空，白色灯塔清晰地伫立在近海高耸的山丘上。绢子思索着，就算信一有孩子，那又怎么样呢?

被绢子拉着袖子的信一，顺从地回头往稻草屋的方向走去。

○●○ 4

信一在二十二岁时来到名古屋后便开始在陶器制造公司担任行政人员。那是一间以制作出口陶器为主业的公司，工作相当忙碌。信一在这间公司工作不过一年，便存了一笔小钱，并用这笔钱在老家娶了个老婆。她是个娇小又健谈的女子，但生下小孩后不久，便抛下孩子与信一的朋友一起私奔到“中国满洲”去了。

妻子离开后，养育小孩一事让信一相当费神。照顾孩子成了他每天睁眼后的第一要务，但因为得去上班，他只好把孩子托给邻居照顾，傍晚下班后再立刻将孩子接回来。这样的生活持续了快一年。信一对孩子百般疼爱，当信一看到报上的新闻说光喝牛奶的孩子容易体弱多病后，便开始把红萝卜或菠菜煮熟、压成泥过滤后加在牛奶里给孩子喝。有时他甚至会大胆地把小鱼干磨碎后加在牛奶里喂孩子。妙的是，孩子不可思议地越长越壮，邻居们甚至替她取了“村井家的模范宝宝”这种小名。

从换尿布到缝制衣物，信一全都一肩扛起。所幸这孩子从来没生过什么大病，即使偶尔有些闹肚子，只要信一下班后替她看看，孩子的状况很快就能获得改善。

等到信一必须上战场时，孩子已经能到处爬了。不过，这次可不能只请邻居帮忙照顾，他只好在出征前把孩子送给别人家抚养。

信一心想，把孩子给人后，从此与孩子或许就是一辈子生离了。又或者，即使自己能活着回来，孩子反而早夭了也不一定。仅用牛奶或米汤来喂养小孩就相当费工夫，而信一喂养小孩的方式又与一般人大不相同，他的孩子还要吃红萝卜、菠菜或苹果榨成的汁才行。因此，信一将积蓄全拿了出来，连同孩子一起送给人家。虽然他也曾考虑过将孩子交给御前崎的老家抚养，但因为哥哥已有四个孩子，信一只好将孩子交给别人抚养。

经过两年的征战，返乡后，孩子平安地长大了。但当信一前去探望时，孩子因为害怕信一的墨镜而不肯跟他走。送养的人家也将孩子当作自己亲生的一般疼爱，对方的女主人哭着对信一说自己不舍得将孩子还给他。

即使在与绢子结婚后，信一仍忘不了自己的孩子。越想遗忘，记忆却越深刻。信一经常想起与孩子两人相依为命时的艰苦生活。虽然很少想起离他而去的妻子，但当信一思念起不在身边的孩子时，即使在梦里都会不住地流泪。

那时，信一总在深夜一边煮着买来的红萝卜，一边陪孩子玩。孩子不爱哭闹又健壮，即使把她一个人放在榻榻米上，她也会乖乖地一面张着嘴一面咿咿呀呀地躺着玩。

把煮好的红萝卜磨碎后加到牛奶里混合均匀，再将奶瓶拿到孩子身边时，她总会开心地蹬着小脚。

对信一来说，在一个人自得其乐、呵呵笑着的孩子身边喝点小酒，便是一种无与伦比的幸福。而用剩的红萝卜只要蘸点酱油，就成了信一的下酒菜。

即使上了战场，信一只要一看到孩子的照片，便难过到几乎哽咽。他就像个女人般，殷切地想见到自己的孩子。在某场黄梅盛开时所展开的激战上，信一从国小的窗子眺望着敌方的情势。战火猛烈交锋时，信一却仿佛听见孩子说着："现在站起来很危险啊！""爸爸危险啊！"他甚至还看见孩子在空中摆动着稚嫩的臂膀朝自己伸来。在战况激烈时，理应无暇想起孩子的事，但在枪林弹雨中，信一却在空中看见了孩子的模样。

信一猛烈地回击着。

他一面挥开孩子的手一面探出头朝窗外开枪回击。突然，他的头上发出一阵重物掉落的巨大声响，信一觉得自己的脸像被热辣的刀刃划过。

他感觉身体正在往漆黑的洞穴里坠落。

虽然听到孩子的哭声越来越大，但信一的意识却越来越模糊。

孩子稚嫩的声音如漩涡般从地底窜出。仿佛被孩子的声音带领着，信一不断朝地底坠落。

回到日本的医院后，原本在"中国满洲"的妻子竟悄悄到医院探望他，依旧在生气的信一连话都不肯跟她说。

由于信一始终沉默着，最后妻子只好直接开口询问孩子的下落。虽然信一对妻子已无任何眷恋，但一听见她提起孩子，却无可自抑地升起满腔怒火。

○●○ 5

“佛家有云：‘烦恼无尽誓愿断。’但如今，唯独这孩子的事我怎么都放不下……我跟吉尾先生说过很多次，要他把这些事好好跟你说说，如果你不介意我们再成婚……世人只看见我负伤回乡的那一面，因此同情我。吉尾先生大概也是想帮我隐瞒这些事，所以才蒙混着没跟你说……但我认为，如果将来你自己发现这些事，对我们之间会有不好的影响……话说回来，现在我们都结婚了，再说这些也来不及了……不过，刚结婚时，我本来想亲自再跟你说一遍的。我也不是没想过，吉尾先生可能并没对你说实话……但，我也懦弱了，因为我真的很想跟你在一起……你可能会觉得我很可笑，但……这就是人性啊。你当时帮我把寿司涂上酱油时，我好开心。酱油的香气让我怀念到几乎想掉泪……”

信一说完后似乎松了口气，他将因为握在手中而变得潮湿又温热的沙子由手心向下撒落在膝上。

绢子看着海上，觉得自己仿佛见到一大群乌鸦飞舞着。我的丈夫之前曾有过妻子，还有孩子……当初抵达信一家那晚，信一与哥哥的确曾窃窃私语过。绢子不由得感到，自己今后的人生似乎变得灰暗了些。

好一阵子，绢子只是凝望着海面。

与孩子两人住在二楼的房子里，还用红萝卜和菠菜喂养小孩。从眼前的信一身上，绢子完全看不出他曾经历过这些无依生活的黑暗。

“我说啊……”

“嗯？”

信一回应的那声“嗯？”带着几乎满溢而出的温柔。绢子不知道该怎么办才好。或许因为打从十六岁便到有钱人家帮佣，且一直在深宅大院里工作，让绢子觉得此刻的自己似乎突然跌到了不幸的深渊中。

“孩子几岁了？”

“四岁，都会唱歌了。”

“你想见她吗？”

“嗯……”

“前妻还在这里吗？”

“我不知道她在哪里……她在哪里我都不在乎。”

“可是……”

“难道你开始后悔嫁给我了吗？”

“……”

绢子悄悄拿出手帕，接着拿出了香烟与火柴。她从写着“光”字的小盒子里拿出一根粉笔样的香烟，并把烟送到信一的唇边。信一匆忙地用他炙热的手抓住绢子的手指，食指、中指、无名指、小指，用牙齿一根根咬着绢子的指甲。

绢子的泪水几乎夺眶而出，哽咽着说不出话来。

◦•◦ 6

相隔一周后，两人从御前崎回到了名古屋。

虽然仍处于战时，接近黄昏的街市看起来依旧相当热闹。

两人的新居位于四间长形连栋式房屋的第一间，刚落成的屋里满溢着木材的香气。屋内的新榻榻米虽然柔软有弹性，但走在上头还是发出了“叽嘎”的声响。

两人就像已经相处许久的夫妇一般，自在、融洽。

信一又回到当初的陶器制造公司上班，靠着一眼单薄的视力，每天努力转着制陶转盘。

绢子将自己结婚的消息告知二宫家后，住在东京的小姐寄来了一面精致的立镜作为贺礼。在随着礼物一起寄来的信中，小姐表示自己过得并不似绢子幸福。结婚后，日子过得比在娘家时辛苦数十倍。她在信上写道，虽然知道不可能再回到未婚时的生活，但非常怀念当时的日子。二宫家店里的人跟绢子说，小姐虽然是位美女，但似乎嫁给了一位花花公子，让小姐变得很憔悴。

二楼的房间有六叠[1]大，一楼则分别有六叠、四叠、三叠半大小的三间房。屋里有间小浴室，还有个虽不大但开着雏菊的庭院。

房子邻近千种町车站，附近的物价也挺便宜。

绢子原本打算一个人去看看信一的孩子。信一虽然没主动提起，但他的寂寞却在绢子的心中徘徊不去。在御前崎的海滩上发生的事，仍清楚地印在她的脑海中。

孩子据说送给了在大曾根[2]开杂货店的人家。

绢子跟信一说她打算一个人到大曾根去看孩子后，信一便表示要一同前往。于是，在某个即将日暮的星期天，两人一起坐上电车前往大曾根。电车上空位不少，绢子与信一坐下前，有对带着三个孩子的夫妻先坐了下来。最大的孩子看起来像中学生，穿着件胸前缝着一排金扣的外套。老二看起来像小六生，最小的则像小二生。三个男孩坐在父母中间，谈论着要到热田神宫参拜的事。父亲年

---

① 计算榻榻米大小的单位，一叠约为3.3平方米。

② 位于名古屋东部与北部交界处。

约四十五六岁，肩上挂着照相机，双手交叉于胸前，正在闭目养神。母亲是位颇丰腴壮硕的妇人，她岔开两腿坐着，斜着上身靠在车窗上。当最年幼的孩子拉着吊环挂着玩时，母亲便会开口训斥他。即使如此，孩子们却常常用手勾着母亲的脖子撒娇，似乎在要求抵达目的地后要做些什么，真是一副令人禁不住微笑的景象。绢子的背后冒着汗，心里羡慕得发痒。因为她正想着，她与信一的将来，不知道会不会像他们一样幸福。

信一面朝着窗外，浅浅地打着盹。

绢子开心地看着面前的一家子。

原本睡着的父亲，闭着眼从口袋里拿出卫生纸，用力地擤着鼻子。擤完后，他仔细地擦擦鼻子，便闭着眼将卫生纸放在自己的大腿上。丰腴的母亲迅速地从一旁伸出手越过孩子们的腿，拿走卫生纸放进自己的袖袋里。

绢子像自己做的事被人撞见一般微笑着羞红了脸。

卫生纸被妻子拿走后，这位父亲又把手垂放回腿上，安稳地睡去。孩子们一面看着窗外飞快掠过的景致，一面开心地嬉闹着。丰腴的太太依旧岔开双腿坐着，坦然地摆出身为三个孩子的母亲应有的架势。

绢子突然转头看向信一。在此朗朗人世中，信一总是过分自谦。看着他单薄的身影，绢子觉得自己必须像眼前这位母亲一般，在今后的日子里永远强势、大气地保护着信一。这么做，也是为了狠狠替信一报复那个抛弃他的女人……

绢子想着自己未来也会生几个孩子，然后像眼前这位母亲一样叉开着腿随性地坐着，便不禁笑了起来。那姿势不但一点都不惹人厌，反倒展现出她身为三子之母的从容。绢子悄悄脱下木屐，尝试斜着上身坐着，对年轻的绢子而言，这姿势实在与她不太相称。绢子突然觉得自己很滑稽，便用肩膀朝信一用力顶了两三下。搞不清状况的信一仍然对着窗外，微笑似的轻轻扬起了嘴角。

婚期

时光进入九月，最小的妹妹突然决定要结婚了。妹妹结婚的对象不但长时间在上海的银行工作，还比妹妹年长了十二三岁，但不知为何，幺妹杉枝却对他情有独钟，突然主动表示愿意嫁给对方。

担任媒人的与田老师原本打算将长女登美子介绍给对方，但登美子这次也是一副兴趣缺失的模样，只把与田老师说媒的事当耳边风。虽然与田老师已经将登美子的照片让对方看过，也很热心地不断劝说，但登美子对相亲这件事早已厌烦至极。

与田老师是登美子之前就读女校时的老师，三姐妹都在她的教导下以优秀的成绩毕业，而与田老师转校时，也曾在登美子家暂住过。之后，她经常有事没事便到三姐妹家串门子。与田老师年纪还很轻时便离开津田英语学院，转校到位于日本本州岛西部S镇的这间女校任职。因为她非常喜欢这个滨海小镇，不知不觉间便在这儿度过了六年时光。与田老师的丈夫是位海军军官，一直在外，留下与田老师一人独守空房，与婆婆及一位女佣一起生活。除了英语，她的法文也很流利。有时她也会将罗雅伊夫人的诗翻译后念给学生听，是位相当新潮的老师。她和学生及其他老师也处得很好，虽然年轻却对当媒人很感兴趣，因此跟着她母亲一起帮人说媒。由于她在替毕业后的学生找对象时相当用心，因此在说媒这件事上也颇获好评。与田老师喜欢开朗、明快的事物。在音乐上，她喜欢巴赫；小说则独钟夏目漱石的作品。凡事都开朗以对，像个没有阴暗面的少女一般乐天。

不知为何，与田老师非常喜欢登美子。这次已经是第四次帮登美子说媒了。连登美子的母亲都说，这长女已经二十四了，如果不快点找个人家嫁掉，明年可就要二十五了。女人一旦过了二十五岁，就会被视为晚婚的老处女，实在没办法不着急。而且，连二女矢须子都嫁了，为什么登美子还总是一副悠哉的样子？登美子的母亲完全不懂自己的女儿在想什么。

今天，登美子一如既往地在二楼晒被褥，晒着晒着便躺在被褥上，在秋阳洒落的地方读着向与田老师借的夏目漱石所写的《草枕》。这位拥有独到见识、总是以“余私以为”的“余”来自称的大叔，在书里谈论人生、讽刺社会，还写下因为厌世所以不想住在人世，因为不想住在人世所以要搬到没人的地方才行，这些傻里傻气的东西。登美子觉得这些内容有趣得不得了。如果能与这样的人结婚，家里大概会因为整天辩论、抬杠而搞得乱七八糟。那一定很有趣吧。就算只是朝地上吐口口水，“余老师”大概也能说出一段长篇大论。“余老师”会看着镜子，虽然嘴上恶狠狠地批评着自己的长相，但当中又隐约带着对自己的外表充满自信的反讽和赞美。登美子一面呵呵笑着一面想念着已不在人世的“余老师”——夏目漱石。

楼下传来杉枝大笑的声音。与田老师的丈夫送来的猴子，这段时间已成了登美子家的宠物，让家里时常充满着笑声。登美子转身往妹妹的梳妆台走去，将安井敬太郎的照片拿到被褥上。想到眼前这位即将成为杉枝丈夫的男人，在短短一两周前还是自己相亲的对象，登美子不得不承认命运确有其不可思议之处。此人长相平凡，虽然对登美子来说是张颇具好感的脸，但因为是与田老师打算介绍的对象，让登美子当初说什么都提不起兴趣。他今年三十二岁，毕业于早稻田法律系，似乎没有抽中兵签，因此从来没进过军队。登美子看着照片中威风凛凛的人，觉得这人没抽中兵签实在不太合理，但如果像他这样相貌堂堂的人都没抽中，而且都还留在日本的话，这个国家或许还大有可为呢。登美子一人呆想着。

不知该笑该哭，猴子此刻正像伯劳鸟一般扯着喉咙叫着，吵得很。镇上最好的美容师已经到了，大概正在对杉枝的衣服品头论足，这些人让楼下非常热闹。

不一会儿，杉枝将绿色的橘子放在盆里端上楼来。

“大姐，你又在看小说啊？到楼下去吧。”

“太吵了，我不喜欢。”

杉枝的目光停在榻榻米上的照片上。杉枝站着愣了会儿，盯着放在被褥旁安并的照片。她的脸越来越红，接着便“咚”的一声跌坐在地上，用衣袖掩着脸。登美子没想到不过是一张照片就能让这丫头气成这样，一时半会说不出话来。

“我可以不嫁给安并先生呀。”

杉枝似乎并没掉泪，她抬起像刚洗过的清澈脸庞，小声地对着登美子说。因为把照片随手放在榻榻米上而被误会，让登美子很不高兴。她故意坏心眼地问道：“你不嫁了，那要怎么处理？”

“我不嫁了，大姐，你嫁过去不就好了……”

“我嫁过去？喔！原来你是这么想才说出这种话呀。我只不过想看看你老公的照片，不代表我是因为想嫁过去才拿照片来看吧？你别胡说了。有个第三者能帮你慎重检视一下安并先生是怎么样的人，不也是好事吗？如果我要嫁过去，早就跟安并先生两人一起坐在这房间了。如果连看个照片都不行，那以后就要花钱跟你买票才能看啰，大概也不能到你家去串门子吧？”

或许因为情绪平复了，杉枝“扑哧”笑出声来。

“因为我看到照片被放在这里，所以就误会了。”

“如果你看到我把吃的放在那里所以认为我想吃它也就算了，怎么会连自己的老公都这么想……”

登美子拿起照片，仔细铺上一层薄纸后轻轻放在杉枝的大腿上。

“好好保管吧。”

“大姐，你不喜欢安并先生哪一点？”

其实直到今天，登美子从不曾觉得他有哪一点讨人厌，而且还觉得他比自己意料中更为相貌堂堂。被问到自己不喜欢安并先生哪一点，她实在不知该怎么回答。

“他本人比照片还要更体面喔。人也很稳重，应该是大姐会喜欢的那种……”

“是吗？但我不喜欢这张照片里的蝴蝶领结。会打蝴蝶领结的，都不是什么正常人……”

“啊，他是打蝴蝶领结没错，但他平时不是那样的。他都打着很朴实、简洁的领带。”

当初杉枝到与田老师家玩的时候，她并不知道老师要帮姐姐说媒的事。在与田老师家，杉枝第一次见到了安并。沉默、高大又温和的安并，让杉枝喜欢得不得了。杉枝家中只有一位念国一的弟弟，她也没有任何像安并一样健壮有男人味的男性朋友。她对安并一见钟情，甚至和与田老师说想嫁给像安并先生那样的人。安并得知后也表示愿意娶杉枝，如果杉枝家同意的话，希望能在九月中旬举行婚礼。一切快速且顺利地谈妥了。等到婚事谈妥后，杉枝才从其他人口中听到那人原本是大姐要相亲的对象。没想到事情会演变成这样，她独自尴尬发窘着。不过，既然婚事已经谈定，婚礼的日子也决定好了，再加上这两三天内就要请安并到家里，并把他介绍给大家，所以杉枝也只是装作若无其事地瞒着登美子。

到了欢迎安并来家中的那晚，杉枝家里的人全都聚集在客厅，围坐在桌旁。安并与杉枝的父亲坐在凹间前①，两人的左右各坐着与田老师与登美子。念国中的弟弟、母亲、杉枝与女佣则随意坐着。

登美子穿着白衬衫搭配深蓝色的裙子。当安并得知这位便是与田老师曾让他看过照片的登美子时，他若有所思地与登美子相互寒暄。等心情稍微平复后，安并发现，虽然登美子并不像杉枝那般艳丽，却是他长久以来一直希望

① 和室中内凹的一个空间，凹间前的位子被视为上座。

追求的、气质高雅的女子。古怪、沉默、不喜欢浮华的事物，正如与田老师当初对登美子的形容一样。

她的脸型纤长但脸蛋小巧，双眼比在座的任何人都来得美丽有神。偶尔，她那蓦然快速流转的眼神，蕴含着仿佛想诉说千言万语的热情。她抿着的嘴唇，嘴角似有梨窝般微微下凹，与她的父亲很相似。

登美子的双亲似乎都很喜欢安并的性格，两人都显得很开心，连平时不爱说话也不喜交际的父亲，都开始聊起他数十年前到中国旅行的事情。

杉枝今天穿着花朵图样的鲜艳服饰，与女佣一起进进出出地忙着。戴着眼镜的与田老师有时穿插着英语高谈着华兹华斯[①]或《万叶集》[②]。性急的她如火花四溅般地表达她对词语的联想，在桌上口沫横飞着。

安并对这些话题似乎也很有兴趣，时不时附和着与

---

① 威廉·华兹华斯（William Wordsworth，1770年4月7日—1850年4月23日），英国浪漫主义诗人。

② 现存最早的日语诗歌总集。

田老师的说法。登美子觉得，他比照片上还体面。登美子想，如果没先看过他的照片，而是一开始便与本人相遇的话，或许她与安并会萌发恋情、进而结婚也不一定。面对命运之神如此幽默地安排他俩的相遇，登美子突然觉得满心遗憾。她出神地伸筷夹起安并盘中的鱼板，却又在下一个瞬间倏然回神。她夹着鱼板一脸慌张，但要是真把别人盘里的东西夹到自己盘里也太厚脸皮了，索性把厚厚的香煎鱼板往自己嘴边送去，一口塞进嘴里。一切发生得很快，众人正听着与田老师大谈李白的诗和张继的《枫桥夜泊》，没有人发现她刚刚夸张失礼的行为。但，安并一个人却清楚地看见自己盘中的小菜里有片鱼板被拿走了。他满心悸动，愣愣地看着登美子若无其事地用力嚼着鱼板的侧脸。

杉枝嫁给安并后，两年的岁月如梦般流逝。

这两年间，无论身边的人如何紧张，登美子依旧不急着找对象，随性地虚掷着青春。每天，登美子不是学学中文，就是依旧读着夏目漱石，生活中仅有的变化是开始研究禅学。她偶尔会像个女人家般下下厨，做些散寿司或替父亲煮碗他喜欢的面疙瘩汤，就这么过着静好的岁月。过了二十六岁，父母已不再多说什么，随她打算怎么做就怎么做，有时候连念中学的弟弟都会开玩笑地叫她“老小姐”。然而，无论旁人怎么说，登美子都平心以对，仿佛不食人间烟火般，将人生视作满天飞花，悠然地过着自己的生活，守着自己那层不容任何人侵犯的坚固外壳。

到了中国上海的杉枝第二年便因败血症过世，登美子与母亲还来不及做好准备便前往上海。

听到家里最活泼开朗的杉枝过世的消息，母亲当然无法承受，杉枝是她最疼爱的幺女，于是她央求父亲让她亲自去把杉枝的遗骨带回来，登美子则负责陪她前往。话说回来，虽然听过许多关于上海的事，但突然真的要到那里去，却让登美子对前往上海一事日益不安。

秋天是中国最好的季节，不必担心天气太冷，登美子母女俩便在这时节落脚于安并准备好的上海大厦①八楼的

① 原名百老汇大厦，位于上海虹口区，是上海的地标性建筑物之一。

房子里。有时，母亲会像突然想起什么似的，开玩笑地说杉枝连死后都在尽孝，托她的福自己才能来到中国。登美子非常喜欢上海，心想，如果能在这里找到工作，希望能在上海工作个两三年，但大约一个月后，带着杉枝遗骨的安并便抱着去年冬天诞生的孩子与登美子母女一同回到了镇上。

因为杉枝的孩子非常喜欢外婆，所以从喂牛奶到一切日常生活照顾，都由登美子的母亲一手包办。在杉枝的丧礼结束后，安并便一个人回到上海。之后风平浪静地过了一年。某天，与田老师满脸兴奋地上门找登美子，原来安并写了封信表示想娶登美子为妻，与田老师特意赶来询问登美子的意愿。

“他的信非常有诚意啊，安并先生说他一定要娶登美子为妻，如果登美子愿意的话就嫁给他吧。”

“啊？可是，如果我也得了败血症不就会被甩了？”

听到对方是安并，登美子心里其实并不抗拒，况且他是自己之前便曾思慕且一直放在心底的人。心里虽这么想，登美子还是心口不一地说出这种难听话。

听到登美子这么说，与田老师真的动怒并拂袖而去。与田老师离开后，登美子一人在房里思考了一会儿，但总理不出头绪，于是爬进被橱里趴在被褥上，就这么趴着不动。她的肩膀与腰部似乎越来越僵硬。虽然登美子平时并不觉得年轻有什么了不起，但她却认为，自己或许已成了配不上安井的女人。

若是为了安井，无论自己变成什么模样她都愿意嫁过去，但或许因为对自己的年龄有些介意，让登美子茫然失措。

她想和安井好好谈谈。她打算写信请安井回来一趟，之后再好好跟他聊聊。

登美子将信寄出后不久，安井便搭机回到日本。与三年前相较，安井的外表增添了不少风霜。依登美子双亲的态度，似乎只要登美子自己愿意他们也会赞同，他们并未给予登美子任何压力。

两三天后，看到安井都已经安顿好了，登美子便开口邀他去散步。时值明治节[1]，家家户户皆挂着国旗的小镇看起来分外美丽。初冬的暖阳，将小镇后方的山脉映成一片银色。

穿过鱼市，两人顺着山谷间民宅四周由扁柏围篱所圈成的小径，缓缓朝山上的寺庙走去。此时，登美子对安并说："我已经是个大婶了……"

安并一脸吃惊地回头，突然停下脚步。

"那，你就当我是拐杖，撑着走吧。"

"哎，让你当拐杖真是大材小用了。"

登美子心想，我并不是要让你当拐杖，我是打算跟你说，我这把年纪已经没资格当你的妻子了。安并靠近登美子的身边，牵起她的右手臂。

手臂被牵起的登美子害羞地在心底嘟囔。她的心脏开始急速跳动着，强烈的情绪笼罩着，让她几乎无法继续行走。这样汹涌的情绪究竟是打哪儿来的？自己竟然会涌出这样的情绪，就像心底有个储火库般，连登美子自己都觉

---

① 1937年，日本为了纪念明治天皇的诞辰日，将每年11月3日定为举国同庆的节日，现称"菊花日"。

得不可思议。

“我可能没资格多说什么……”安井说着。

他原本打算提起最初让两人产生羁绊的那件事，但这样似乎显得太过刻意，于是他话说到一半便语塞了。登美子满脸通红，边颤抖着手臂边快步走着，但她的心意已传达给了安井。确定了登美子的心意后，安井放心地一边用右手拔着围篱上的草一边说道：“因为我住过上海好一阵子，所以觉得日本民宅的篱笆真是好东西，那里的人们却不看重这么清爽的东西，老是要砌石墙……”

登美子倏地停下脚步，用力闭上眼睛，以像在说给自己听一般的微小声音说道：“我，随时都可以嫁给你。为了能早点办好结婚仪式，请你去跟我母亲提亲。”登美子睁开双眼。大白天开着的电灯熠熠地照亮了寺庙的五重塔，孩子们大声地喧闹着。

手风琴与
鱼之小镇

◦•◦ 1

父亲的手风琴弹得相当好。

我对音乐的记忆，便始于父亲所弹奏的手风琴。

我们坐在火车上摇摇晃晃了好一会儿，百无聊赖。母亲一边喂我吃香蕉一边满脸泪水地诵读着经文。或许，她只是对着父亲碎念“就是因为嫁给你，我才会这么辛苦”也不一定。父亲时不时用屁股挪一挪裹在白色布巾中的手风琴，抽着烟管内业已碎成粉状的烟丝。

像这样的举家远行，对我们来说已是家常便饭。

父亲闭上眼，温柔地对母亲说了句话，大概又是“这次你就拭目以待吧”之类的。

火车沿着蜿蜒的海岸线行驶着。平静无波的海与耸立的云朵，在十四岁的我眼中，这景色像堵墙，映照着辉煌耀眼的阳光。小镇被春天的海围绕着，岛上插着许多太阳旗。原本闭着眼的父亲，瞥见红色太阳的旗帜后，匆忙站起身，把头探出车窗外。

“这小镇好像有祭典，在这里下车看看吧。”

母亲一面把经文收进束口袋里一面站起身。

“这小镇真漂亮啊！现在还是大白天，在这里下车的话应该能赚个便当钱吧。”

接着，我们三人便把各自的行李背上肩，在这个飘扬着太阳旗的小镇下了车。

车站前有棵露着白芽的大柳树。柳树的对面，并列着两三间染上煤污的旅馆。小镇的上方飘着大朵如棉絮般的云彩，店家的广告牌上也大多画着鱼的图案。

走在滨海的小径上，听见一阵“嘘嘘咻咻”的口哨声从一家挂着鱼图样广告牌的店家传了出来。不知是否因为听见口哨声，父亲想起了背着的手风琴，他将手风琴从包袱里拿出来挂在肩上。父亲的手风琴非常老旧、笨重，为了能将琴挂在肩膀上还特意缝上了背带。

“先别拉。”

由于刚到一个新城镇，让母亲有些放不开，她轻拉着父亲的手臂。

走到发出口哨声的店家前，一位浑身沾着鱼鳞的年轻男人，正一面剁着鱼骨一面“嘘嘘咻咻”地吹着口哨。

广告牌上的鱼是只腮上夹着青竹叶的鲷鱼。好一阵子，我们就这么看着这些男子以有趣的动作与手势制作鱼板。

“小哥们！有什么大事吗？连太阳旗都挂出来了。”

瞳孔带着红色的男子停下手，不耐烦地转过头来说：

“因为市长要来啊。”

“喔！难怪这么大阵仗啊。”

重整步调后，我们继续往前走着。

海边有很多小型的泊船处。海如河流般风平浪静，隔着海有座静谧的小岛，岛上有许多绽放着白色花朵的树。看起来像只牛的动物，正在树下缓步走动着。

○●○ 2

眼前的风景看起来清爽宜人。

我买了一个在莲藕中塞了辣椒的炸天妇罗。接着，我便与母亲一起看着小岛的景色，一起分食这个天妇罗。

“你早点回来啊，不管卖得好不好……”

母亲或许是感到有些寂寞吧，她用力握住我的手，并拉着我往码头走去。

父亲穿着胸前有着似肋骨般一条条黄色横线的宪兵制服，往位于斜坡上的城镇走去，一面拉着手风琴，一面喊着“一二一、一二一”。母亲听见父亲的手风琴声后，低下头擤了擤鼻子。我呆立着舔着掌心上残留的油渍。

“过来，擦擦鼻子。”

母亲将塞在衣领上的手帕卷在小指上，塞进了我的鼻孔。

“你看看，黑漆漆的。”

母亲卷着手帕的小指尖，看来就像香菇一样黑。

镇上有座小学。风里带着小麦的气味。

“这里的风景挺不错啊。”

母亲一面用手帕拍打着发髻上薄薄的落尘，一面眯眼望着海。

莲藕的炸天妇罗已经吃完了。船坞的小摊上有个老婆婆正在油炸小章鱼脚，我直盯着她的手瞧。

“真贪吃……你这孩子就算肚子吃炸了也没感觉吧。”

“俺想吃章鱼脚嘛。”

“在说什么呀你！你不知道你爹娘已经穷困潦倒了吗？”

父亲演奏手风琴的声音，自远方传了过来。

“等咱们上火车后，再给你买点好吃的就是。”

“不要，俺就是要吃章鱼！”

“你这不是在找碴吗？”

母亲拿出系着束带的条纹钱包，在我眼前倒了倒。

“看清楚，这样你还搞不清楚状况吗？”

母亲薄薄的手掌上，躺着两三枚浮着绿色粉末的两钱铜板。

“没看到那种白色的铜板吧？没有白色的，就买不起章鱼脚啦。”

“红色的铜板就买不起吗？”

“你这孩子！说的这是什么话！即使你爹你娘都没饭吃，你还是想自个儿吃得饱饱的就是！”

“俺就是很想吃嘛，有什么办法！”

母亲狠狠赏了我一巴掌。放学的孩童们正等着渡船。看见我被狠打，他们哄堂大笑。鼻血流过了咽喉。我一面看着湛蓝海面上的波光一面吞着自己苦咸的眼泪。

“俺真想到别的地方去。”

“不管你到哪儿去，像你这样任性的家伙，都没人会搭理你的。”

“俺不需要人搭理！俺要一个人到远远的地方去！”

“你这家伙一向只顾自己。之前明明吃了香蕉还吃了炸莲藕，就算有钱人家的小孩也没吃这么多啊！”

“有钱人家的小孩一天到晚都有好吃的！给俺吃那种快烂掉的香蕉，有什么了不起……”

“你这孩子，都到了可以嫁人的年纪了，还一天到晚只惦记着吃。”

“你刚才那一巴掌，你看，连鼻血都流出来了……”

母亲从束口袋中拿出一把塑胶梳子替我梳头。梳齿一梳进我茂密的头发里，便发出了噼里啪啦的拉扯声。

“跟干柴一样，听起来像点把火头发就能烧起来似的。”

母亲把梳子像口琴一样含在嘴边磨蹭，沾上口水后，一边梳理我额前的卷发一边说道。

“如果你爹的生意好，就什么都能买给你了……”

○●○ 3

母亲要我把背上的行李卸下。

紫色的包袱里装着绘本、水彩工具和针线。

“只听见手风琴声，不知道有没有生意。你去看看吧。”

我跑过船坞，一路往位于坡上的城镇走去。

由于城镇很小，连狗看起来都特别显大。屋旁架着的帐幕正随风摇曳，插着樱花发簪的女孩四处游走。

“来来来！今日初到贵宝地，本公司可不会干些拿发油当蟾蜍膏[1]卖的勾当。来来来！诚惶诚恐、诚惶诚恐，本公司产品有幸蒙皇室成员爱用。本公司的药品可不是这里、那里随处都买得到的啊……”

在如蚂蚁般密密麻麻的人群中，父亲的声音听来分外声嘶力竭。

渔夫的女儿买了可以“清胎毒”的药、插着樱花发髻的女孩买了装在贝壳里的眼药、帮人挑货的男人则买了跌打药膏。从被手摩擦到发亮的黑色皮包里，父亲像变戏法般不断变出许多药品，并走向聚集成圈的人群跟前，将药品展示给他们看。

手风琴倒在木材堆上。

孩子们好奇地玩弄着手风琴的琴键，并摇晃着手风琴，让它不时发出突兀的“喔嗡！喔嗡！”声。听到这样

---

① 始于江户时代，以蟾酥为主药材炼制的膏药，有解毒止痛的功效。

的声音，孩子们群起捧腹大笑。听见被任意玩弄的手风琴发出的琴声，让我忍无可忍地拨开人群钻了过去。

“来来来，对于子宫与血路，没有其他药比这个叫‘一二一’的药更有效了！”

我推开木材堆上的孩童，拿走手风琴后挂在肩上。

“干什么呀！这是俺家的。”

孩童们看见留着短发的我一副男孩子气，于是起哄喊着：“短发的男人婆、男人婆！”

父亲端了端头上破旧的军帽，转头看着我。

“别来胡闹！赶快给俺回去你娘那里，听到没？”

父亲的眼中满是悲凄。

孩童们像苍蝇一般，又聚回手风琴旁继续玩着白色的琴键。我像走绳索一般在木材堆上快步走着，学着不知道在哪儿看过的表演杂技的女孩，将两手插在腰旁。

“你的腰带松掉啰。”

一个将高跷扛在肩上的男孩子用手指着我。

“真的？”

我把松开的腰带在肚子上方打个结，将衣服下摆夹在大腿间，再把打好的结“咻”地转到腰后去。

男孩笑了笑。

由一堵堵白墙组成的肥料仓库前方的广场上，如针般闪着光芒的鱼干堆积成山。

路边的乌冬面摊如鸟儿般罗列，围绕着广场，装卸工人们站着，唏哩呼噜地吃着乌冬面。

小摊上的玻璃柜里摆放着看似美味的煎饼与炸天妇罗。我靠着玻璃柜，直盯着里头的煎饼与炸天妇罗。玻璃柜被皮肤碰到的地方起了层薄雾。

“这是哪家的孩子啊？不要给我靠在柜子上！”

一位正袒胸露乳替襁褓中的孩子吸吮鼻涕的女子冲着我大喊着。

○●○ 4

山里朱红色寺庙的塔亮起了灯。如鳞片般的云朵自小岛后方的天空涌现，我一面唱着歌一面往码头走去。

船坞似乎也点起了灯，小贩们在长长的竿子前挂着灯笼，围着白色的蒸汽船高声叫卖着。

母亲靠着放在船坞上的行李，抬头望着候船室。

“你去做了什么呀？见到你爹了没？”

“嗯，见到啦。生意好得很呢。”

“当真？”

“当真！”

母亲又把那个紫色的包包捆在我腰上，眼里露着喜悦。

“天气变暖了，风也暖洋洋的。”

“俺要尿尿。”

“这里没地方遮，你到那儿去尿吧。”

船坞下方漂着许多水藻和垃圾，鱼儿如影子般在水藻与垃圾下飞舞潜游着。返航的船只像鸽子般鼓胀着船腹，待涨起的潮水漫过这艘船的吃水线后，月亮也在空中露出脸来。

“跟马在小便一样。”

“尿了很久，因为我很使劲啊！”

这泡尿长到连我都觉得受不了，干脆用力弯下头朝两腿后方望去。在我如一座小山丘的屁股后面，天空与船只都上下颠倒着。我用力屈着身子，连脖子都痛了起来。在小山丘的后方，尿液如雾般喷洒着，映照着光线，闪亮亮地濡湿了船坞。

“还在干什么？掉下去俺可不管你。嘿！你爹回来了。”

“真的？”

“真的呀。”

海风舒服地抚过两腿之间。

“累了吧？”

听见母亲这么问，父亲一面伸手擦去额上的汗水一面从船坞的阶梯上对着我们喊。

“要吃乌冬面吗？”

我握着母亲的双手用力挥着。

“太好了！爹一定卖了很多很多药啊！”

我们三人坐在路边小摊的板凳上吃着乌冬面。我的碗里除了乌冬面还有三角状的油豆腐皮。

“为什么爹的碗里和娘的碗里都没有油豆腐皮？”

“吵死了！小孩子乖乖吃就是了……”

我笑着夹起一片油豆腐皮扔进父亲的碗里，父亲津津有味地吃着。

“好难得呀，咱们在这儿留个两三天看看吧。”

“他们起初以为俺是伤兵，听到俺拉手风琴后，就觉得俺很时髦。”

“那你应该拉个一两首雄壮威武的曲子给他们听听啊……”

我把热水倒进剩下的面汤里，像吸吮奶水般缓缓地喝着。

镇上点起了一圈灯火。市场似乎在附近，头上顶着平底木盆的女鱼贩们经过我们身旁时喊着：“卖鱼呀！要不要买鱼呀？”

“这地方很有意思呀。从火车上看只觉得这里寺庙很多，没想到这里连渔夫也这么多，药应该很容易卖出去。”

“是啊，这地方很妙。”

父亲数了好几枚白色的铜板交给母亲。

“啊，俺想吃章鱼脚！”

“你这家伙，又来了！你爹要是生气，会把手风琴丢到海里去喔。”

“又在瞎闹什么！”

父亲将铅笔从小本子后头拔出来，开始盘点药箱里的存货。

○●○ 5

入夜后，赏夜樱的人群如蛾群般喧闹着聚集在山上。我们在离车站不远的旅店落脚后，我顾不得浑身臭汗便趴在榻榻米上。

“这镇上的人似乎很爱热闹啊。像赏樱这档事，你看过哪个城镇像这里一样热闹？”

“这些人是爱凑热闹吧！那哪叫赏樱啊，人多到吓死人了！”

母亲不以为然地说着，一面解开包袱一面闷哼着笑了笑。

“喔！你站起来过来看看，很漂亮呀！”

父亲拉开沾满煤渍的矮拉门，一边喊着我一边褪去身上脏兮兮的棉毛长裤。

“我想吃寿司，不想看花……”

我完全不打算起身。母亲呵呵地笑了。我像个肉块般趴在松垮的榻榻米上，等到母亲拿出读本叫我念时，我才拉开嗓门开始朗读《保护色》当中的一段。母亲对于我能大声朗读一事，似乎感到相当骄傲，时不时慈祥地说着：“嗯，就是这样。”

“百姓真是笨蛋呐，他们真会把陶壶往尺蛾的幼虫身上挂？”

“因为尺蛾的幼虫长得像树枝呀。”

“是怎样的虫子？”

“乡下常见的虫子。”

“喔，很长一条吗？”

“跟蚕差不多吧。”

“爹，你真的看过吗？”

“真的啊。”

我的影子黑黑的，映在沾满污渍的墙上，看起来像个小童。风刮进房内，灯芯的焰火突然旺了起来。外头经过的人说着：“快下雨了。”

“这个臭兮兮的房子，一晚要多少钱？”

“只过夜不供餐，要六十钱。”

“贵死人了，四处旅行还真花钱。”

四周静谧无声，海浪的声响仿佛一路拍进了我的心窝。被褥一式三件，我如往常一般安静地拿着书钻进被窝。

“娘啊！天都晚了，咱们就什么都不吃了吗？”

“还吃什么？都钻进棉被就快点睡吧。”

“不是吃过乌冬面了？你觉得赚了这么多白色的钱，怎么还不给你买点什么，对吧？可是付了房钱，再付了跟店家批药的钱，那种白色的钱就剩没几个啦。你早点睡早点起，早上再让你吃好多白米饭。”

父亲一面将坐垫对折塞进我的被褥边缘，一面这么说着。一听见白米饭，我的眼泪便扑簌簌地掉了下来。

“这孩子是因为正在长高，所以才这么贪吃吗？”

“快点找到稳定点的饭碗吧，没有什么好点的工作吗？”

父亲与母亲似乎都没察觉窝在被窝里的我正流着泪。

“那家伙爱看书，如果能在哪儿定居，我想让她上学去。”

“明天如果生意依旧不错，或许留在这里也行……”

“这里蛮不错呀，一下火车就觉得心里很舒坦。这里叫什么来着？”

“叫尾道，你说说看。”

“尾道，对吗？”

“依山傍海，真是个好地方。”

母亲起身将油灯弄熄。

○●○ 6

这间房子的庭院里有着四五棵石榴树，石榴树下方则有着大石砌成的矮井。拉开二楼墙边的隔窗，便能见到正下方的石榴树与水井。井水盐分高，拿来梳洗后连舌头都会觉得咸咸的。二楼的大瓮里倒了两天份的井水。走廊边放着炭炉、水桶、陶锅和鲍鱼壳做成的花盆。房间约六张榻榻米大，没有壁橱也没有壁龛。上述的环境，就是我们三人落脚的这间二楼客房的模样。

天亮后，我们会把白色的方巾盖在借来的被褥上。

楼下住着两位五十岁左右的夫妻，他们总在房内的泥土地上停两台人力车。虽然没见过老先生拉车，但他们似乎会把人力车租借出去，因此其中一台人力车有时会不见踪影。老太太每天都在看得见石榴树的走廊下，将写着占卜结果的纸签卷到白昆布里，做些贴补家用的手工活。

这里的厨房很寂寥，从未传出过食物的香气。水井的边墙很浅，老是有猫、狗掉进去。那时，老太太就会拿面破镜子，从上方往深不见底的井里照。

“尾道这地方还挺有活力的，当初没到大阪去真是对极了。”

“如果到大阪去，现在可能还有得苦吃呢。”

这段时间，在我眼里看起来，父亲与母亲都长了些肉。

我每天都能吃到许多白米饭，每天都过得很开心。

“把肚子吃得饱饱的，只要有米饭可吃，就没什么好担心了。”

“俺说……娘啊，楼下的大叔大婶都不吃饭吗？”

“怎么这么问？不吃饭哪有力气？”

“但是俺昨晚去上茅房时，听见大叔跟大婶说，连车都给人拿走了，俺干脆死了算了，还边说边哭呢。”

“真的？连车都给人拿去抵押，拿不回来了吗？”

“他们没有亲戚吗？我没见过他们吃饭呀。”

“不要乱说话。楼下的大叔年轻的时候是跑船的，后来脚被机器压断了，现在没有其他依靠，只靠大婶做昆布卷来过日子，也挺可怜的。”

“去找警察，他们也不会帮忙吗？”

“他们不想让人知道吧，怕大家笑话。”

“但如果有人做了坏事，大叔还是会生气的吧？”

“谁做了坏事？”

“那些装作不知道大叔腿断了，还把他们的车拿走的人啊。”

“那些有钱人，他们才不在意呢。”

“楼下的大叔是笨蛋吗？”

“别胡说八道！”

父亲带着手风琴与便当，一整天在镇上四处游走，一边喊着“一二一、一二一”一边卖着药。

“你到渔夫镇去看看，听到卖‘一二一’的药来了，大家都会跑出来看。”

“因为他们之前很少看到吧。”

一连放晴了好几天。

山上开满了樱花，群青簇拥环山。

今年的第一声蛙鸣自远方传来。白色的除虫菊也绽放着。

◦•◦ 7

“你去上学吧。”

有天，我正在山上的茶园里将折下的蔷薇花种在石榴树根部时，做完生意后返家的父亲，一面在井边洗脸一面这么说。

“去上学？俺都十三岁了，五年级里哪有这么大的学生？俺不去。”

“去上学可以遇到很多好事喔。”

“俺能进六年级吗？”

“如果不多说，应该也进得去，反正你能读懂不少书。”

“但俺的算术跟不上吧？”

“你就加油试试嘛。明天就带你去学校。”

能上学这档事，让我同时感到不安与欣喜。当晚，我兴奋得像个孩子，闭着眼一直数着眼皮子上浮现的白色数字。

大约十二点，当睡意正袭来时，后方的水井像掉进大石头般，发出了好大的水花喷溅声。因为水井很深，无论之前掉进去的是狗还是猫，只会闷哼地发出“扑通”的小水声。但刚刚的水声，却是至今从未听过的巨响。

“娘！发生什么事了？”

“你还醒着啊？我也不知道发生什么事了……”

就在此时，又传来了拍打水面的挣扎声与凄惨惊恐的叫声。楼下的大叔一面喊叫一面在房里匍匐着。

“孩子的爹，快起来！好像有人掉井里去了！”

“谁？”

“快点起来过去看看，说不定是楼下的大婶呐……”

我浑身发抖，完全说不出话来。

“到底发生什么事了？”

“你也一起下来。小孩子，去睡觉！”

父亲一面吼着一面像要把阶梯踏破般“咚咚咚”地走下楼。

房里只剩我一个人，空气突然从四面八方挤压过来，让我难以忍受。我打开窗外挡雨的木板并拉开窗子。

如盆般的赤色月亮从山上探出头来，石榴的叶子像豆叶般挺立着映照着月光。

“到底怎么啦？”

我忍不住扯起嗓门朝下喊着。

看见母亲正拿着镜子与油灯。

“听好啦！好好抓住这条绳子啊！”

父亲一面喊着一面将绳子的另一头绑在庭院正中央的石榴树干上。

“俺老公等等就下去，你忍忍，好好抓住绳子啊！”

母亲的声音听起来惊慌失措。

“正子！你下来！”

父亲抬头看着正往下偷看的我，大喊着。浑身发冷的我将父亲带着黄条的衣服披在肩上，踉跄着下楼走到井边。大叔在走廊上边悲呼着边发出像吞下泡沫般“呜哇哇”的声音。

“好孩子，去找医生，好好跟他说清楚，请他过来。”

昏暗的灯光在石板地上映出浓重的光影。温润的晚风，吹拂着众人衣着的下摆。井中垂着好几根绳子，“呜呜”的呻吟声自井里向上涌出。

“快点去啊！还在磨蹭什么？”

在伸手不见五指的深夜里，我朝着镇上跑去。海浪声与风声齐鸣，镇上流淌着一股腥臭味。听起来像三味线[1]的乐声自远处传来，颇有小满[2]的节气氛围。

不知道什么时候，我已经把手臂穿进袖子里，还把扣子一路扣到脖子附近，把父亲那件滑稽的宪兵装穿在了身上。或许因为这身装扮，当我在街角的医生家敲门时，睡眼蒙眬的车夫毕恭毕敬地向我鞠着躬，用我从没听过、彬彬有礼的语气对我说：“没有问题的。医生的职责不分半夜一点或两点，只要在下肯拉车，医生也会起身。我们这

① 日本的一种传统弦乐器。

② 二十四节气之一。

就动身。”

◦•◦ 8

掉进井里的大婶被拉上来时，单手揣着一个湿淋淋的包袱。那个黑色的包袱里装着一条缎面的昼夜带[①]，还有大叔跑船时买的海獭皮所制成的帽子。大婶或许是在夜深后想从后门偷偷溜到当铺去，不小心在途中掉进井里。有张当铺的当票从大婶的和服腰带里掉了出来。母亲大概认为“这人也真命苦”，因此偷偷将当票藏起来没让医生瞧见。

“真是太危险了。”

“她没什么事吧？”

“如果身上没什么瘀伤，血路也通顺，就没什么大碍了。”

---

① 正反面布料或颜色不同的和服腰带。

大婶平时做手工时卷的昆布四散在墙角，我老早就想尝尝了。我一把抓起五六个塞进嘴里，里头的花椒让舌头一阵麻。

“既然人活着出来了，就没必要捞井了。”

一早，我们便用这井水漱起口来。大婶的木屐在井里漂着。我借来那面破镜子，一面照着井里一面用竹筛把木屐捞出来。母亲在井边的四个角落各放上一小撮去霉运的盐，合掌念着：“阿弥陀佛！神明保佑！”

阴沉的天，刮着大雨来临前的风。

父亲在原本的衣服外穿上和楼下大叔借来的、脏兮兮的小仓和服裤裙，带着我往山上的小学走去。

去往小学的途中，有间祭祀神武天皇的神社。神社后方有座陆桥，桥下可通行火车。

“坐上这班车，就能一路到东京去啰。”

“只能到东京？东京之后呢？”

“之后是惠比寿[1]住的地方，女人跟小孩可去不了。”

“东京之后就是海了吗？”

“这……俺也没去过啊。”

这学校有好多石阶，父亲在拾级而上的途中停下休息了好几回。学校的庭院像沙漠一样辽阔，花坛坐落于四隅，上头种着毛樱桃、铁线莲、棘菀、蓟花、鲁冰花、杜鹃花和鸢尾花等。

越过校舍可见到后山，回头看去则能在依稀可见的海上见到附近的几座小岛。

“在这儿等着。”

父亲将双手交叠在绑着裤裙的绳结上，走进教职员室那扇白色的门扉。这里的土壤似乎很适合种柳树，庭院的正中央有棵大大的柳树，树上正冒着柔软的新芽。柳树的枝叶如绵羊般，软乎乎地随风荡着。

① 日本神话中的七福神之一，为海神。

我摸了摸旋转木，并在荡木[1]上坐下，感受着新学校的气息。但不知为什么，却感到闷闷不乐。我突然拔腿开溜，一路冲下石阶。正要冲出学校大门时，父亲对着我“喂！”地喊了一声，让我只好像只从水里爬出来的鸟儿般，抖着身子低着头走进教职员室的门。

教职员室里摆着两排像金丝雀巢般的小书柜，中间则放着一个火盆。火盆旁，父亲与校长并排站着。父亲看到我后，有礼貌地朝校长鞠了个躬，让我觉得自己也非行礼不可，因此我恭敬地对校长深深一鞠躬。校长看来相当满意。

“我带你到教室去吧。”

“那么，我就先告辞了，之后还请您多多指教。”

看着父亲走出门口，我不禁难过了起来。校长的个子很高。我想起之前不知在哪间学校学到的“勿踏师之影，后退七尺远”，因此，我保持着一定的距离跟在校长身后

---

① 如秋千般的长条状木制简易游乐设施，但摇晃的方向为左右而非前后。

走着。

“别拖拖拉拉地，走快点！”

校长转头斥责我。窗外抽水井旁的水洼里，不知什么正在“咕呜咕呜”地叫着。

打开像挡雨板般歪斜的门扉后，稚嫩的气息扑鼻而来。黑板上挂着块牌子，写着“女生六年一班”。跳过五年级一半的课程直接升上六年级，让我有些不安。

○●○ 9

雨下了好长一段时间。

我越来越讨厌上学这档事。熟悉了学校的环境后，其他小孩子们开始聚在我身边，对我喊着“那个‘一二一’搞笑笨蛋的女儿”。

我觉得卓别林所演出的笨蛋角色，与父亲的模样一点相似之处都没有。因此，我一直想找机会跟父亲说这件事，但连日的阴雨已让父亲郁郁寡欢。

今天又是黄色的小米饭。每次吃饭的时候，都让我不由自主地联想到马屁。我在学校没有吃便当，而是利用中午吃便当的时间到音乐教室弹风琴。看着父亲的手风琴乐谱，我熟练地用风琴弹奏着。

由于说话比较粗鲁，我时常挨老师骂。我的老师是位年过三十、体型丰腴的女性，她总是把前面的头发梳得又高又蓬，却在脑后露出像抹布一样乱糟糟的发尾。

“一定要说东京腔喔。”

因此，大家都优雅地自称为“我”。

我有时只要不小心说出“俺”，便会立刻招来哄堂大笑。到学校能看到之前未曾得见的美丽花朵，还能见到许多石版画，真的很让人开心，但还是有许多小孩不停地对着我喊：“搞笑笨蛋。”

“俺可以不上学吗？”

“至少把小学念完吧，看看你娘，根本不识字，一天到晚只会打盹儿。”

“可是，真的好烦呀……”

“什么事这么烦人？”

“俺不说！”

“真不说？”

“俺不想说！”

雨还是连日下个不停，让人真想拿把剪刀把雨丝给剪了。楼下的大婶，依旧每天将占卜的纸签与花椒卷进昆布里绑起来。终于，家里连黄色的小米也快没得吃了。母亲拜托楼下的大婶帮她找了份替标签穿铁丝的手工。父亲与母亲相互比了比，发现母亲更擅长穿铁丝。

我开始假装去上学，却跑到学校后面的山里去。透过身上绒布质地的衣服，我能充分感受到山上土壤的质感。一旦下起雨来，我就会把包袱顶在头上，靠在松树干上玩。

那天天气很好，我爬上山躺在胡枝子树的树荫下后，遇见有个像体操老师般留着长发的男子和米店的女儿小梅一起到山上玩。或许有些不好意思，我赶紧跑下山。海上闪着粼粼的波光，刺得我睁不开眼。

父亲与母亲最近经常提起“要不要到大阪那边去试试”等话题。但我并不想到大阪去。不知道打什么时候起，父亲的宪兵装不见了。因此，一想到有天手风琴也会这么消失，我悲伤得就像心里塞满了盐一样。

“要不俺去拉人力车试试？”

父亲丧气地说着。因为那时我有喜欢的男生，所以总觉得拉人力车这事有些丢人现眼。我喜欢的男生是鱼贩的小孩。之前有回我经过他们家摊子前时，当时我们明明不认识，他却突然叫住我。

“我说这个鱼呀，是……是我们钓来的，给你一条吧！你想要什么？”

“小黑鲷。”

“小黑鲷，你喜欢那种鱼啊。”

他家里没其他人在。男孩一面吸着鼻子一面用报纸把小黑鲷包起来。小黑鲷还活跳跳的，鱼鳞上闪着银色的光芒。

“你穿了几件？”

“你说衣服吗？”

“嗯。”

“天不冷，俺没穿多少件。”

“喏，俺数数你的衣领。”

男孩用满是腥味的手数算着我的衣领。数完后，他指了指一种叫“剥皮鱼”的鱼。

“这也给你吧。”

“什么鱼俺都喜欢。”

“当鱼贩很好喔，有吃不完的鱼。”

男孩还说，改天要带我一起搭他家的船出海钓鱼去。我感觉血液直往胸口冲，几乎让我喘不过气。

隔天到学校一问，发现那男生是五年级的班长。

○●○ 10

不知是谁给介绍的，父亲批来了一堆一瓶十钱的化妆水。瓶子的颜色黄、红、绿都有，每种颜色都很漂亮。瓶身上绘着紫丁香，拿起来摇一摇，瓶子底部就会浮现出白色粉状的云朵。

“哇，好漂亮！”

“一瓶十钱，姑娘们应该会想买吧。”

“连俺都想买了。”

“小孩子说什么鬼话。”

为了贩售这些化妆水，父亲不知打哪儿学会了这首歌。

抹一瓶像樱花粉嫩嫩

抹两瓶像雪花白泡泡

姑娘们呀，快来买呦！

不然会变成黑炭块啰！

为了配合曲子的节奏拉手风琴，父亲竟然花了五天才练好。

“批货的人说，如果不快点拿去卖，东西会坏掉。”

“如果这么容易坏，拿去卖人好吗？”

“不管好还是不好，我们总要吃饭呀，没办法。”

尾道这个镇的边上有个叫吉和的村子。那里有帆布工厂，因此有女工，也有不少渔夫的相好。父亲之前常到那儿去。

这种时髦的生意深得我心。我偷拿了一瓶红色的，藏在水瓮旁。

“因为时代进步了，比较安定了，才会出现这些时髦的东西吧。”

“抹一瓶像樱花粉嫩嫩”这首歌，在镇上流行了起来。只要带着化妆水出去，一定大卖。

那时候，有位老婆婆会把牛肉放在竹篓里四处叫卖。大概因为赚了些钱，母亲常大方地跟她买肉。

加入蒟蒻一块儿煮，连蒟蒻都会被染得血红，让我们忍不住想：“这说不定是狗肉吧。”但因为价格便宜，所以我们一家三口还是照吃这血红的肉。

“这应该是狗肉没错。”

楼下的大婶曾把买来的肉拿去喂狗，因为狗不肯吃，所以她确信那是狗肉。

那天是个雨过天晴的日子。我从山上的学校回来后，看见母亲哭到上气不接下气。

“怎么了？”

“你爹……被叫到警察局去了。”

当时的悲愤，我或许一生都无法忘怀。我的眼皮像木通[①]下垂的果实一般沉重。

“娘到警察局去看看，你乖乖在家里等着。”

“俺也要去。俺也要叫他们让爹回来。”

“小孩不准去！去了只会挨骂，给俺在家等着！”

“呜呜，一个人很孤单呀！”

“再吵俺就赏你耳光啦！”

母亲出门后，我开始号啕大哭。即使楼下的大婶上楼来躺在身边陪我，我还是放声大哭着。

“大婶，我爹跟我说过啊！打仗的时候，有人因为在罐头里放石头而赚了大钱呐！所以比起来，他在里头放些小沙粒只是小事一桩呀……”

---

① 一种灌木，木质茎可作为中药使用，果实为长椭圆形。

“别哭了，你爹没干什么坏事，坏的是那些制造商啊。”

“俺怎么可能不哭呢！这下俺不就没饭吃了吗？”

傍晚，我跑到镇上的警察局去。

我靠在有着藤蔓花样的铁门旁，等着父亲与母亲出来。“阿弥陀佛！神明保佑！”我握着铁栏杆，不由自主地向天祈求着。

孤独袭来。

后方的水上警察局里传来“当当当”的铃声。

我绕到后方去，爬上刷着水蓝色油漆的窗子，朝里头窥探着。

屋内灯火通明。站在角落里的母亲，在我眼中比老鼠还渺小。父亲站在母亲跟前，被巡警“啪啪啪”地赏着耳光。

“唱啊，唱来听听！”

父亲一面拉着手风琴一面用不同以往的声音唱着：

“抹两瓶像雪花白泡泡。”

“再给我唱大声点！”

“哈哈哈……抹上面粉就能白泡泡，可不是便宜货吗？”

悲伤排山倒海般涌来。巡警死命地掌掴着父亲。

“混蛋！混蛋！”

我像猴子般尖声大叫，一路朝海岸跑去。

“正子啊！”虽然听见母亲的呼喊，但在我耳中回荡着的，却是自远方传来如齿轮般的“叽嘎”作响。

随笔

生活

心焦无名欲书写，

桃李花儿倏绽放，

果实苍绿洒落身，

田舍日常安心居。

我很喜欢这首诗，每天都像歌唱般吟唱着室生先生[①]的这首诗。如同诗里提到的“心焦无名欲书写”般，我不仅无名地感到心焦，更是几乎每到深夜便坐在书桌前，在这般游手好闲的生活中写着小说。用完晚餐后，和娇小的女佣两人一面聊着街坊举行活动时拍摄的照片等话题，一面将沾了油的餐具、喝茶的茶碗分类收拾，接着帮花盆里的花换换水。做完这些例行公事后，大约已过晚上八时。拿起三份晚报，走上二楼的书房，此时火盆中大都只剩星

① 室生犀星，日本诗人、小说家。

火。添了炭、放上铁壶，在水滚前读完三份晚报。家里订阅的是《朝日新闻》《日日新闻》《读卖新闻》三份报纸，首先映入眼帘的便是戏剧、活动等广告。看到《女人心》要上演了，打算去看看。至于《永远的誓言》这种戏，由于认为大家都会想看，所以这些戏的广告有时连市郊的小棚子都不会挂上。

看完广告后，接着阅读社会新闻，我会从社会新闻版最下头、最小的栏位开始读起。即使三种不同的报纸上刊载着相同的新闻，但读起来都像不一样的故事，趣味横生。我很少看政治新闻，因此我对政治的了解，可能比小学生还浅薄。忘了是什么时候，我曾受《日日新闻》的邀请参观过那个叫“议会”的地方。入口处站着连人家的包里放着什么都要调查的人，进入议场后，四周的空气散发着异味，让我无法安然待着。往正下方的议场望去，有人在打瞌睡、有人耸着肩膀扭打在一起。我吃惊不已，只觉得——原来，所谓的议员是这样的人啊！

大略读完报纸后，铁壶里的水也差不多滚了。这段时间，对我来说就如天堂一般。我会朝眼镜呼口气，然后用鞣皮将镜片擦拭干净。接着将热水冲进茶叶里，并一一触摸书桌上的物品。像是在询问它们“你们都还健朗吗？”，我用的笔是钢笔，墨水则是丸善[①]的ATHENA INK。墨水是容量为三合[②]的大瓶装，能轻松地倒到其他容器里使用。大概已经买了两年了吧。稿纸前放着一面带把的小镜子，让我可以时不时照着镜子伸伸舌头、转转眼睛，玩耍一番。不过，一旦开始写起长篇，这面镜子便有些碍事而被我扔到被窝上去。不知为什么，书桌上总是堆着杂志与书本，没办法好好放上花朵装饰。岩波出版的、已经整本破烂不堪的唐诗选集，也被搁在桌上某处。

一直到九点，我都还喝着茶放空，或者拿出以前的日记翻阅。有些文字让我不可思议地感动，有些则感到不可思议的无聊。若天马行空地胡思乱想下去可会没完没了，所以我会试着将自己套进许多人的脸庞与心思里。如

① 文具品牌。

② 一合约为0.18升。

果这时候出现一个让我想跟他成为夫妻的人的话，那可该怎么办才好呢？在动笔写小说前，我时常进行这种无聊的空想。十点后，家人会互道晚安。等到大家都上床后，胆小的我会先巡视家里该上的锁是否拴紧，接着到厨房准备宵夜并将食物带往二楼。只要有盐昆布与柴鱼片，便能让我满心愉悦。近来夜寒，夜深后便觉身体冻到受不了。会焦急无名地想写些什么，大概就是因为这样的日常吧。因此，虽然书写是件夹杂着痛苦与喜悦的事，我还是在书桌前坐了下来。原本双脚落地坐在椅子上，但一觉得冷，我就会在椅子上盘腿而坐。书写时最讨厌的，就是虽然思绪万千，但光为了查某个字，就在字典上花了不少时间。这实在很难堪。我的字典叫作《学生自习辞典》，是我在四国的高松市乱逛时花了七十五钱买的，如今已破烂不堪了。虽然买了很多本字典，但还是这本翻起来最轻松，因此就算可查的字比较少，却还是一直用着。仔细想想，我的日常还真像乡下女学生的生活，因此，当有人叫我写些关于自己的生活时，我这才开始觉得自己此时这般乏善可陈的生活，似乎有些不正常。

雨天。

今天又下雨了。把裙子卷到膝盖上，滔滔不绝地写着《她的记事本》[①]。寄了二十七页的稿子给新潮社。用十钱买了些便宜的小点，自己一个人吃个精光。腌渍了小芜菁与葫芦瓜，过个两三天应该就会很好吃了吧。写信给母亲，头痛中。

——十二日

雨天。

精疲力竭。百般无聊因此彻夜阅读。财产大概只剩三十七钱了吧。夜里，花了十钱买了紫色的随意草、五钱买了紫菀花。淋着雨和狗散着步。走得很愉快。跳跃的雨、夜里的雨，奔驰在郊外、在雨中发着蓝光的电车。心情大好。

——十三日

---

① 原名《彼女の控帐》。

这些是三年前的秋天所写的日记，读起来却像正在恋爱的孩子所写的日记。在如今这般波澜不惊的生活中，是怎么也写不出那样的日记了。过去由于亲人四散各地，让我觉得孤单却也因此意志坚定，情绪高昂，如今大伙儿都聚到我家来，有时反而让我觉得很辛苦。由于白天客人众多，因此我多半在夜晚工作，但对我来说，挑灯夜战近来略觉辛苦。隔天总会顶着张如鬼怪的脸，连双眼皮都不见了。即使凌晨四点才上床，我七点也会醒来。家附近有间过山医院，之前便常去那儿看病，这阵子则到那儿拿安眠药。如果觉得累便吞颗安眠药，如此一来即使白天也能在床上照睡不误。虽说是张床，但只是张像摆在宿舍里的小床，睡起来实在不舒服，让我不禁怀疑睡一下便苏醒或许是因为床的关系。早上六七点时，无论天气多冷我都会起身，开心地浏览报纸内容。看看文艺版、看看家庭版，然后只看政治版的照片。接着便不再看下去了。一早就看社会版未免惊心，所以略过不读。如果看了，便会整天都觉心烦，所以大都近傍晚时我才会稍微看看社会版。

彻夜工作虽然没法写出什么令人满意的内容，但老是会搞到三更半夜，累到呵欠连连。除了我自己的客人外，家人的客人我也得见。还要帮忙准备菜肴，清洗贴身衣物。这样的生活，实在提不上轻松愉快。

有时也想雇用一位年纪大些的女佣，但现在家里的女佣十三岁时便来到家里，也待了三年了。她不会打扰我，即使生活上多少有些不方便，但我还是觉得这样的状态是最幸福的。更重要的是，虽然在普契尼的歌剧《曼侬·莱斯科》[①]的某章节中提及雇用女佣之事，但对于像我这样一步登天的人来说，还是感到很难为情。而且，都已经雇了三年了。

虽然我不太常对人生气，但在家里却时常生气到想落泪。这样的情绪无处可发泄，只能坐在书桌前发呆。然后猛然抽上四五根烟。之前有喜欢的人时，因为那个人不喜欢烟味所以我不抽烟，但现在与他已经毫无瓜葛，可以毫无顾忌地抽烟。能自暴自弃的感觉很好。我曾经自暴自弃过几次，不过，那已是恣意妄为的过去了。现在的生活，

---

① 贾科莫·普契尼（Giacomo Puccini，1858—1924）的歌剧作品《曼侬·莱斯科》（Manon Lescaut）。

就像沐浴在暖阳下一般。我很讨厌跟人聊小说，大概是因为没办法做出什么具体的说明或评价的关系吧。例如，听到有人一面说“这小说就像太阳公公一样”一面用手指边画圆边说“就像这样一般圆满”，除了说声“谢谢”并接受对方的意见外似乎也别无他法。有时，也会收到像鸡蛋里挑骨头般的评语。当然觉得很难过，而且对我来说打击可能比其他人更大，让我只能全然放空、发呆，像腐烂的鱼一般，整整两三天只蒙着被子大睡。因为我的作品不够好吧，我自己最清楚。但一时半刻也无处可躲，只好又坐在书桌前，开始埋头书写。对我而言，如果有什么是像宗教一样的东西，大概就是埋头苦写这件事吧。像是进入了无我的状态一般。这么说虽然挺恶心，但我大概算是个万年不变的文学少女吧。

四五天前，税务所的官员前来。听说对方是官员，让我心里七上八下，当时正巧是午餐时间，但我却食不下咽。开始纳税至今刚好四年，但私下里我常觉得缴税真是件苦差事。有三四次的收入不过十元，如果稍微出门旅游一番，那段时间便毫无收入可言，因此缴税对我而言其实相当奢侈。这次要缴的税金又变多了，听到对方问：“你的年收入有四千元对吧？”我惊讶不已，以为对方在说别人。顺利的话能拿到两百元，运气差的话只有九十元，平均一个月的收入若能有一百五十元，那就得说声南无阿弥陀佛，这个月好歹能勉强度日了。“吉屋信子[①]小姐所缴的税金比一些不善经营的商人还多呢。”听见税务所的官员这么说，我惊讶到说不出话来。我林芙美子不过写过几篇作品，即使闲话传言中偶尔会出现林芙美子的名字，但把我跟吉屋小姐放在一起相提并论，可是怎么都站不住脚的。只能跟对方说：“麻烦您向杂志社或报社询问一下我究竟领了多少稿费吧。”吉屋小姐不但是前辈，写作的领域也不同。“您喜欢文学吗？”听见我这么问，官员表示学生时代时常阅读文学作品，但现在却从事与法律有关的工作。虽然这位官员给人的感觉不错，但说我的年收入有四千元还是让我很苦恼。以纯文学为写作主题的人，虽然

① 吉屋信子（1897—1973），活跃于大正、昭和时期的小说家。

看来很时髦，其实身无长物。听到有新人作家每个月能赚五十元，便会让人钦佩地说："这么多啊。"

"在纯文学方面，哪位的收入最高？"

对方竟然连这种问题都提出来了。虽然大家的名号都很响亮，但收入大概与我半斤八两，我也只好打肿脸充胖子地回答。即使稿费打从十年前便没有增加过，但相较之下我并不介意，依旧孜孜不倦地工作着。虽然我也很希望能缴与吉屋小姐一样多的税金，但这种事无法重新来过，无论如何我都望尘莫及。"不过，您不是有帮《朝日新闻》写文章吗？"虽然确有其事，但对方误以为我拿了一万元的稿费，实在让我百口莫辩。因为写了二十七回也只是报纸上连载的小说，写了两百回也还是报纸上连载的小说啊。接下来的一整天我都觉得心惊胆战、满心苦恼。即使见到在上女校的侄女，我也觉得一肚子气。她听见我说："我要缴的税金增加了，你不觉得很恐怖吗？"便同情地回我："是呀，好恐怖。"

"到底我们缴的税金会被拿去做什么，你知道吗？"十五岁的侄女听我这么问，回答道："公务员里不是有种叫‘奢华视察’的东西吗？应该被用到那儿去了吧。”原来如此啊。

我很喜欢花花草草，什么样的花我都喜欢。冬天很适合修剪花木，让我大概连着三周都有事可忙。即使花枯了依旧别有风情，曾宫一念[①]便经常描绘枯萎的花朵，枯萎的花朵所带有的美感中，隐约蕴含着客居他乡的愁绪。如果枯萎的女人也能有这样的风情该多好。我已年届三十二岁，但与我年纪相仿的男性友人们，个个都还像个苍绿青年。武田麟太郎、堀辰雄、永井龙男，每位都如花菖蒲般。相较之下，女人的青春便短暂多了。现在，在我狭小的书桌上，放着一个小杯子。杯子里各插着一枝小雏菊、油菜花、矢车草与康乃馨。它们衬着桌灯的模样，展现出花朵真正的美，让人望而入迷。下辈子投胎，我真想变成花。如果要当花，我想化作鱼腥草。

除了喜欢花以外，我其他的嗜好就是每个月搭两三

① 本名下田喜七，日本的西画家、散文家。

次火车。我着迷于旅行。我不介意路途遥远，也很喜欢步行。今年一月到志贺高原去滑雪。当时住在丸山上的山间小屋里，非常幸运地身为小屋里唯一的女子，让我在满布白雪的山上如同少女般悠然自得。虽然我很不会滑雪，但我很喜欢朝着雪地一阵乱踢的舒畅感。感觉起来自然与我之间毫无距离。听说在十二泽的滑雪场，没有一位滑雪者像我一般勇敢，怎么摔都不怕呢。泡温泉时才发现，身上满是青一块紫一块的挫伤，胡乱摔跤的滑雪方式果然让人很难为情啊。

二月，我到了伊豆的古奈。因为是第一次行经丹那隧道，当热海映入眼帘时，我兴奋极了。听说通过隧道需要八分钟，感觉真的是个很长的隧道。

热海的海水颜色与那不勒斯的海很像。晒着太阳恍惚望着，眼前的海岸就成了马蒂斯画里的海滨。在古奈，我住在一间叫白石馆的旅店。那里的艺伎一小时收费一元，因为很孤单，所以我花了三小时的费用找了一位叫“照叶”的艺伎。

三月，我想到上州去看看。每次出门旅行，都会让我觉得诞生于人世真幸福。家人说，我只是喜欢吃便当吧。每回搭火车，我总会买便当。飘散着木材气息的米饭与菜肴都很美味。只要搭上火车，平时恼人、厌烦的事物都会随风而逝，回到东京时，总让我有种乡下女孩首次上京的感觉。

一点了
所有人都睡了吧

宛如在五万里外雪崩般的鼾声传进耳中
无论两点或三点
我的书桌上仍然一片空白

四点了
炭炉里的炭烧尽了

我打开雨窗，走到仓库取炭
虽然天寒体冻

但比起书写

取炭反而轻松愉快

不知哪户饲养的黄莺开始鸣啼

这篇是我的散文。天亮时，我偶尔会有此感触。离开炭炉从房里走出来，时常冷到浑身发颤。但戴着厚麻手套“喀噔喀噔”地从装着木炭的麻布袋里把木炭一块块夹出来时，或许因为身为女人，我还挺开心地回归家务本业，心情也随之放松了起来。

天一亮，无论天气多么寒冷，黄莺都会第一个啼叫。虽然不知道是哪一户养的，但只要屋顶上的天色开始透白，黄莺便会立刻鸣啼，接着便会听到送牛奶的车发出的声响。拿了两瓶牛奶，我与母亲一饮而尽。天冷时，送牛奶的、送报纸的和邮差们都特别辛苦吧。虽然黎明的景致优美，但只要熬夜，我的气色就会差得像只披着一层皮。

早餐几乎都喝牛奶。大约到九点才会真正吃些饭食。女佣会负责煮饭，我则负责煮味噌汤。这样，很幸福。一旦工作忙起来，我两三天都不会进厨房，大家也都很谅解。我的手艺不错。听起来虽像自吹自擂，但我的确觉得做菜很有趣。

白天很难专心工作，让我颇感困扰。如果白天能工作，对我的近视也有帮助，但因为白天大家都醒着，不知不觉便不务正业玩了起来。即使工作相当忙碌，但只要有朋友来访，我还是会陪着游玩。有朋友来探望，对我而言比什么都开心，有时一天会见到十位左右。陪着陪着如果累了，我就会直接躺在一旁补觉了。

来家里的客人以男性居多，因此带给我很大的打击。因为——我不能喝酒。嘴里有蛀牙、胃又不好，一旦喝多了，隔天便会虚弱到把整天都糟蹋了。即使如此，若能顺利完成工作，无论多不应该，我都会一面说着“知道了知道了”一面开心地喝酒畅饮。连我都觉得，工作结束后的酒真是绝品。我不喜欢需要用日式酒杯喝的酒。至于食物，我虽不挑食，但并不喜欢鲔鱼做的生鱼片。我喜欢白参肠配热热的白饭，无奈白参肠很贵。如果金钱无虞，我打算不断大吃到流鼻血为止。我也喜欢乌鱼子，但价格也不便宜。海胆就不是那么喜欢了。我也喜欢咸鱼，一看到咸鱼我就想动笔写小说。不知为何，我就是喜欢咸鱼传达出的氛围。在巴黎可吃不到上好的咸鱼干啊。

打幼时起，不论是演戏还是任何活动我都不喜欢。只有母亲与女佣会认真地参与附近举行的活动。绘画是我的第二项工作，当我把已经硬掉的笔放进石油中清洗时，从不曾露出一丝嫌麻烦的神色。

虽然答应小林秀雄与永井龙男要送画给他们，但却不知该怎么叙述我对这幅画的构思。我的静物画得不太好。或许是身为业余画家的志气吧，发现家附近刚好有些有趣的地方，尝试画了后，却画出了用色美丽、让人欣羡的画作。

因为喜欢马蒂斯与莫迪利亚尼[①]，上色时我常常向后退，由远方眺望着画作。前阵子我收了两幅万铁五郎的画作。因为想从事与万铁先生相同的工作，刚看到他的画作时我受到了很大的冲击。像我这样的懒惰鬼，是办不到的吧。自己的前途、自己所写的东西虽然都受到众人的好

---

① 阿梅代奥·莫迪利亚尼（Amedeo Modigliani，1884—1920），意大利画家。

评，但那些不经风雨无法换得的东西，对我这个懒惰鬼来说，恐怕很难真的付出什么实质行动吧。今年，我什么都不想写。此时我正摊开世界地图，计划到印度来场旅行。听说秋天很适合去欧洲，我打算随性地搭船前往。无论旅行了多少次，每次我都依然怀着初次踏上旅途的心情前往各地。有人问我：“你攒了不少钱吧？”我攒下的只有旅店的账单，其他的收入真的都是一手进一手出。若要举例，就像替山羊挤奶，其他人还把筛子放在下头打算分杯羹一样。在这样拮据的生活中，如果身体又出了问题，便会开始胡思乱想，但我还是会告诉自己天无绝人之路呀。“月黑雁高飞”，无论日子变得多么悲惨，原本便两手空空来到人世的我们，总会有路可走的。

近日，坐在书桌前时总有种江郎才尽的落寞感，那只是因为我自己还在胡乱摸索着最佳的切入点的关系吧。我唯一的目的虽然还远在天边，但只要家人在身边，就能日日安好、糊里糊涂地过着，在这个我们一起做家务、一起煮食的地方眯着眼、安心地过日子。

我一直希望自己从事的工作能“清清如水”，若需要手舞足蹈、需要胡扯或造作，对我来说便比什么都更辛苦。或许身为女人本来就没什么施力点吧，这些缺点没办法改善，或许是因为我还才疏学浅，但如同我之前提过的，现在这种晒着暖阳、粉饰太平的文化环境，让我很苦恼。我并非想与男性作家相互较量，但至少希望能再挑战一下自己的能耐。室生犀星先生这阵子的工作表现相当杰出，让我惊愕不已。武田麟太郎先生最近的表现也相当优秀。这真的很了不起。他们都是沙场老将了，却不能喊累，必定相当辛苦吧。我涉足文坛不过七八年，况且，我只是以自己的方式工作，便已觉得有许多很辛苦的地方了。

这种希望工作能“清清如水”的想法，今后我会多加反省。

我并没有什么真正深交的朋友。我几乎没有上门拜访过谁。虽然常遇见街坊张三、李四，却很少上门拜访他们。太习惯一个人过日子的下场，就是会只剩下自己吧。渐渐地，我开始连散步都觉得麻烦。有空时，我只会躺在床上发呆。一个月里，我大概会走到神田的古书店、本乡的古书店五六次，只询价不买。

对我来说，这样的散步相当愉快。相较之下，没认真念书时的书费还比现在花得多。现在即使是只值十元的东西，我也会忍着不乱花。以前的日子非常拮据，所以只要手头稍微宽裕，我就会毫无节制地乱花钱，什么都想买。或许我天生就具有暴发户的特质吧，因为我是个像暴发户且个性不修边幅的人，所以非常孤独。又因为我只想当个沉浸于孤独中的自己，所以即使没有朋友，对我来说也并非苦不堪言。虽然身为女子，但提到我的女性朋友，不知道是因为我有什么不足的地方，还是因为对方觉得我是个讨人厌的家伙，总之我并没有什么特别亲密的女性朋友。至于我的男性朋友，都是些毒舌但心善的人，给了我不少“激励”。

写诗与画画我都喜欢。在我的工作中，像诗或画之类的东西，是我工作中的调味品，但对作家而言，生活中的波澜也并非坏事。今年我打算稍事休息，如果有机会远行，我想一个人漫无目的地四处走走。

平凡的女子

妈妈们带着小孩站在路边聊着。

“哎呀，好久不见，大家都别来无恙啊。您最小的孩子已经这么大啦。”

“是啊，已经八岁了，都上小学一年级了。”

“喔，这样啊！时间过得真是快呀。我们家的孩子也已经是个小学四年级生了呢。”

以前的我，如果在街上听到这样的对话，或许会感到怒气冲冲。因为八岁的小孩上小学是理所当然的事，这些女人间的话题未免太狭隘。但这阵子在路上偶然听到这些闲聊时，虽然还是会有些生气，但又觉得像沐浴在阳光下一般连心都暖洋洋的，甚至觉得这些“女人般”的谈话也不错。或许经年的岁月，让我也沾染上了生活的污渍。这些附着于身上的污渍让我心存感激，如果连适才的对话也能让我感到“平静”与“愉悦”，我或许便能从市井的平凡中感受到大众的生活底蕴。

前阵子，我读了一篇两三位女知识分子的座谈记录，当中全是些令人厌恶的对话，其中有名女子表示，因为觉得准备早饭很麻烦，所以尝试向便餐店买菜，而后因为饭菜所提供的热量不足而作罢。另一名女子则表示，自己为了写小说和丈夫分居，又说修补足袋[1]或洗衣等事要花一辈子才能学好未免太无趣。虽然都是知识分子，听来却像一群三姑六婆在嚼舌根，不禁让人感到萧索凄凉。

成为这些人的丈夫应该是场灾难吧。虽然她们说自己对雕刻红、白萝卜很感兴趣并会动手做，但对于这些粗野的女性，我们能期待她们做得多好吗？

虽然每人的状况不同，但我会帮家人下厨，洗衣、打扫也大多会亲力亲为。这些事，我丝毫不觉厌烦。不过，我也不认为这些是什么让人愉快或能视为兴趣的事。但将厨房与洗衣等抛诸脑后，对女人来说也非什么光荣之事。外出时，总要先告诉待在家的家人有什么可吃，我才能安心出门，我也总是边晒着暖阳边一只只修补足袋。虽然不

① 日式分趾袜。

觉得修补足袋是什么特别值得开心的事，但总比坐在桌前发呆好些。如此一来，才能健康、尽情地让思想奔腾。虽然某些女人用了许多严厉的字眼来议论女性的生活，说白了，她们都是因为自己的工作才让女人的生活变得难耐。无论在哪个工作领域，都会有一两位满腔不满的女子，认为如果自己能留着小胡子四处闯荡该有多好。

市井间随处可见的、那些辛辛苦苦养育四五位孩子的主妇们，以前在我眼里是很可悲的。但现在的我觉得她们或许格外幸福。无论早晚，她们老是嘟囔着孩子把衣服弄得脏兮兮，一年三百六十五天都得东刷西洗。我觉得，这其实也不错。若把洗衣与孩子从她们的生活中拿走，她们还剩下些什么呢？有些贵妇人认为为了训练孩子的社交能力，必须把孩子送到托儿所，但孩子为什么需要“社交能力”？虽然有些离题，但每次拿着写给儿童的图书、杂志或教科书时，我总是觉得挺空虚的。为什么一定要把儿童杂志做得夸大不实又厚厚一大本呢？我一直觉得，花十块钱就能做出如儿童版岩波文学那般优秀的图书。至于小学的教科书，在我眼里，那本书的封面根本就像监狱的颜色。像是天皇陛下府内的官员照本宣科做出来的书一样。其他字体鲜明、印刷明亮、纸张洁净、图画意识正确的书本，让大家都忘了那本教科书的存在。许多妈妈们都希望小孩阅读的书籍能更加活泼生动。

我差不多也到了想有个孩子的年纪，我想生两三个。每次见到将孩子绑在背上工作的妈妈，都让我觉得日本的女性很了不起。许多妇女运动的参与者，都是在生下孩子后才出现思想上的转折。有孩子的人内心温暖、风姿凛凛又聪明。她们并不会故意贬损自己或他人的生活。如果通过跟丈夫分居、在便餐店买饭菜或把内衣给洗衣店洗这些事便可让女人的工作更加顺利，我也想仿效试试。

当今所谓的女知识分子，充斥着许多并不理解市井中平凡妈妈与女孩们心意的肤浅之人，究竟为何会如此呢？她们轻蔑且误解了“优美与温柔”的真意，不断在口头上讽刺攻击，想来真是可笑。

朝向遥远旅途的人，

记得带上你的心爱之物，

那位不忘沿途回望他人喜悦与笑容的旅人啊！

我很喜欢艾兴多尔夫[①]的这首诗。若是女人们都能这般温柔，一定让人很愉快吧！所谓的温柔并不代表过于依赖男性，也一点不虚泛，因此那些一味认为生活很烦人的女知识分子们让我不得不生厌。

① 约瑟夫·弗赖赫尔·冯·艾兴多尔夫（Joseph Freiherr von Eichendorff，1788—1857），德国浪漫主义诗人、作家。

恋爱的微醺

我不清楚所谓的恋爱是通过空气中怎样的波动飞跃而成，但我知道男男女女只要撞上这股波动，便会如花朵被施以肥料般生气勃勃。年幼时的恋爱因花朵的根部尚且短小、青涩，总是留下满心遗憾，如同餐点尚未吃尽，食盘便被收走一般，余下满是惋惜的回忆。每当遇到上了年纪的女人，便会听见她们说："如果我年轻时能有如今的心绪不知该有多好。"因此，切勿留下遗憾。深尾女士[①]曾在诗中写道：

贪婪地吸吮了，却仍感悲伤。
苦涩的滋味，残留于舌上。
即使贪婪地吸吮了，依旧悲伤。
这玫瑰啊！

---

① 深尾须磨子（1888—1974），日本诗人、作家。

无论恋爱的形式多么新颖，吸吮之后依旧徒留悲伤。但最终还是只有悲伤能在灵魂里留下足迹不是吗？我不知道恋爱这条路能有什么新颖的方式。所谓的新颖，并不是指在内容上有何与众不同，或许是种井然有序的恋爱也不一定，即便如此，却依旧一下子便让人搞得浑身污泥——变成一种懒惰且死气沉沉的恋爱。站在事业顶峰的中年人所拥有的恋爱，大抵都是这种类型。

前阵子有位女性朋友来看我，问我现在没有谈恋爱吗？我说，恋爱虽然不错，但很吓人。那位朋友回我，女人可不能在恋爱上偷懒啊，一旦谈了恋爱，在工作上会表现得更杰出，身体也会变得更朝气蓬勃。

朋友还举了个例子来佐证她的说法。有位与丈夫死别且带着两个孩子的女画家，因为失去了对恋爱的心绪，让心逐渐干涸，生活也越来越悲惨，不但画不出画，连容貌也跟着衰老，不知生存的意义为何。但当她遇上一位自己喜欢的青年且两人的关系越来越亲密后，她的容貌一下就变得鲜活、美丽，不但越画越好，最有趣的是连两个孩子都不再挨她骂了。听说在缺乏爱情的时候，她老是焦躁不安，从早到晚都在斥责孩子。

若从道德规范上而论，我不理解这位未亡人拥有的是怎样的爱情，但却觉得这是个很悲伤的故事。遇上恋人的隔日，生活立刻就变得多彩多姿。虽然这位寡妇与那位男子相约不结婚，在刚开始的两三年，两人都给予了对方浓到化不开的爱情，但这样的爱情其实谈不上有何新颖吧？朋友说，虽然那男人只要一结了婚可能就成了讨厌鬼，但和他谈恋爱却是何等刺激且怡人。我发现，十几岁女生的爱情如浮云般云淡风轻，二十几岁女人的爱情总伴随着算计，三十几岁女人的爱情则是种残酷。

什么才算是真正的恋爱呢？是像《萨宁》①一样的爱情，还是一种《少年维特之烦恼》？爱情的模样形形色色，可能是种留恋、是女人的一生、是如春日再临般的复活，也可能是场梦靥。即使每种爱情都老掉牙到陈旧不堪，但仔细想想，便会觉得每一种恋爱都是崭新的。虽然朋友那句“你也谈谈恋爱吧，会让你神采奕奕”像支飞镖

---

① 俄国作家阿尔志跋绥夫（1878—1927）的作品。

朝我射来。一旦这么做，至今因躲在丈夫羽翼下而视若无睹的情感，便会突然鲜活起来。像是突然对穿着崭新且散发毛呢气味西装的男人产生好感，或者是某个整洁的衣领、某位根本不认识的男人手里的纯白手帕，都能为我带来悸动的瞬间。有时，那样的悸动还会伴随着刺痛肉体的苦楚。其他的妻子们，难道心中不曾有过这般翻腾？女人一旦结了婚，委身给一个男人后，便不再喜欢十七八岁时如云般缥缈的爱情。总不能每次一有了恋爱的心绪，便与当下的丈夫分手吧。

就以相伴十年的夫妻来说吧。通常丈夫都有不少五光十色的多彩生活，但妻子却是以怎样的方式逐渐迈向风华老去？为了让这样的恋爱不至于出现危险，婚姻中的恋爱需要交通警察。如果一不小心转错方向盘撞到其他车辆，不仅得付住院费用，连家人与工作都无法兼顾。我认为，只要做好交通管制，恋爱并不是件坏东西。我现在虽身为人妻，但也曾认真思考过这档事。虽然对我的丈夫很不好意思，但我的丈夫究竟在想些什么，其实我也不得而知。如果以严谨的眼光审视，这样的想法或许有些不检点，但在这世上无数的夫妻当中，恐怕没有一对夫妻没有过这些念头吧。否则，怎么会发生以处子之身出嫁的女性却又爱上其他男人这种事呢？通过相亲成婚的女性，与一位男性有过肌肤之亲后，似乎很快便会着眼于另一个完全不同的世界。有时，甚至会与丈夫的朋友发展出似有若无的暧昧情愫。那份似有若无的情愫，其实并不算真正的外遇，也不至于造成家庭的不幸吧？

即使与丈夫同床共枕，还是有可能梦见其他男人。而会梦到谁，也不是我们能控制的。这虽然不太典型，但也是一种恋爱吧。即使是身为基督徒的太太们，应该也做过一两次这样的梦。如同交通经过整顿的城市中很少人会因此受伤一般，恋爱的道路也需要整顿。

如果要我说说什么是理想的恋爱，我所希冀的或许是不会留下悲剧阴影的恋爱吧。我认识的人中有这么一个例子。他是位五十岁的男性，与妻子有一位已经上大学的孩子。他的家庭看似非常和乐，生活始终风平浪静。但这位年届五十的男性其实有位与妻子同龄的恋人，他们之间的恋情至今刚好迈入第十五年。这样的丈夫很让人讶异吧？虽然他的恋人在这十五年中嫁进了某个商贾之家，但他们每年还是会幽会一次。他说“这就像七夕才相会的牛郎织女一样”，我感到好惊讶。他的妻子不但从来没怀疑过他，也丝毫不知他这十五年来一直持续与恋人幽会。虽然我并不知道拥有这样一位擅于说谎的丈夫究竟是幸还是不幸，但真要我说，或许他的妻子是幸福的吧。可能直到踏进棺材前，他都会一直瞒着自己的妻子。即使丈夫死后，他的妻子也会一直认为自己的丈夫是个大好人而感到幸福不已。依他所言，自从有了恋人后，他更真心地爱着自己的妻子，因为妻子忙到连外遇的余暇都没有。妻子每天忙着做家务、忙着陪孩子散步，似乎过得很幸福。当我问他，他的恋人心中作何感想时，他说，因为两人已经有了长达十五年的羁绊，即使什么都不说也能明了对方的喜或悲，对方并未觉得这段关系有何不忠。当过于依赖恋爱时，或许就会让恋爱化为悲剧吧。只有两个毫无纠葛的人，才有可能追求坦承以对、纯粹无暇的恋爱。未婚男女间的恋爱可能像已婚者一般思虑透彻吗？我无法回答。

在恋爱中，坦承与纯粹都相当重要，但更重要的是自己必须小心别让撒出的星星之火灼伤周围的人。若是谨慎、清爽的恋爱，便不能一律以不贞视之。但让人难过的是——我们只是人，一个不小心便会陷入泥淖中，让自己沦为笑柄。

谈恋爱时，无论精神与肉体都应一起投入，若能找到让我心动的恋情，我应该会在把身心一并献给恋人时，同时感到难以言喻的自我苛责吧。毕竟对我们这时代而言，这可是极端的不贞啊。如果这样的事发生在我身上，即使嘴上说这是场不会带来悲剧的恋爱，但心里还是会感到自责不已。与别人的丈夫谈恋爱和与别人的妻子谈恋爱相较，可是天差地别之事。与别人的妻子谈恋爱如何都是不被允许的。我到中国时，曾看过被眼罩遮住双眼的牛只拉着水车。赶着牛的男人，有时会拿出烟草抽抽，有时则抬头看着天空，借以取悦一下自己的双眼。说穿了，或许丈夫就像那位赶牛的男人，而妻子就像双眼被遮住的牛一样。我真想帮牛把眼罩拿掉，让它也看看四周的景色。

美丽、爽朗、不会对任何人造成困扰的恋爱，或许只能发生在孩童身上。精神上越丰富满溢，恋爱便越容易迈向悲剧。无论哪个国家，难道都无法避免恋爱所带来的微醺吗？

无论哪个国家，都充斥着关于恋爱的故事，但却没有一个故事告诉我们什么是恋爱的微醺。或许，恋爱在诞生时便注定是个悲剧吧。即使是悲剧也罢，至少该谈场浪漫的恋爱。不过，世上艰辛的事太多了，首先要面临的便是经济问题。

夫妻关系尚可应付贫穷，但恋爱可不喜欢贫穷。吝啬小气的恋爱方式，绝对让人敬谢不敏。至少在恋爱时，能有个无须考量经济的天地。身为人妻，让我有如困兽。“即使贪婪地吸吮了，依旧悲伤。这玫瑰啊。”这样的想法只能放在心上聊以为乐，作为一种如烟似幻的情怀。

未婚者的恋爱，无论加入了怎样的伴奏，都希望能演奏得轰轰烈烈。如同在巴黎街上的爱侣般，未婚者的爱情即使远观也绝不会让人生厌，反而希望他们能尽情享受恋爱的微醺。无论如何清贫，沉浸于恋爱中的恋人都像贵族一般。虽然新颖的恋爱或许也需要经济上的支持，但我希望它能依旧井然有序、清新脱俗。

或许等我多长点岁数，便能写出更了不起的恋爱论吧。我希望自己能写得出来。不过，只交往过一两个男人的我，能否判断何谓真正的恋爱呢？不久后，我想写篇波澜壮阔的恋爱论。

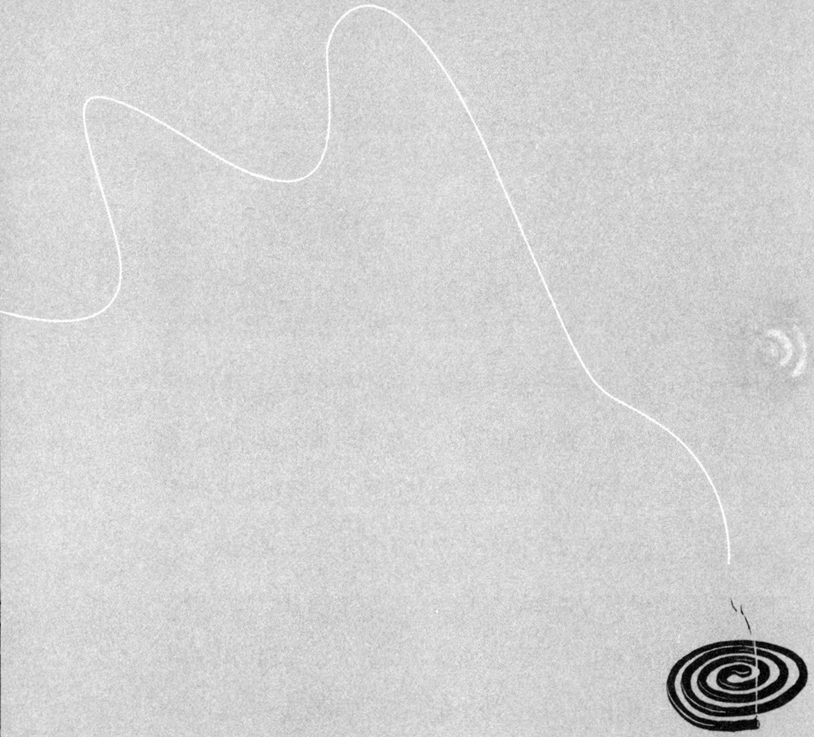

我的老师

我十三岁时，在日本本州岛西部一个名叫尾道的城镇就读市立女子学校。班导师是一位有些年纪、名叫森要人的老师，他负责教我们国文。虽然当时他不过四十七八岁，但在年幼的我们眼中就是位老伯伯，可以很放心地跟他说话。上作文课时，他不规定我们写书信文或问候文，随我们自由地想写什么就写什么，而森老师自己则眯眼、发呆、晒着暖阳。上了许多堂作文课后，学生们的作品累积了不少，因此每到作文课，他一定会先朗读一两篇学生的作文，并照例对这一两篇作文做些点评。他所朗读的作文，多半出自我和另一位叫川添的女生。相对于我总是在文章中书写家庭琐事，那位叫川添的女生总是写些森林里的猫头鹰、幻想的彩虹之类非常新颖的题材。从这位少女的作品中，我学会了许多诸如“玄秘”等优雅到让人咋舌的词藻。

十三岁的少女能使用“玄秘”这样的词汇，让人相当讶异，也让我非常尊敬这位名叫川添的女孩。除了国文的作文课外，他有时还必须教我们珠算，因为尾道是个商业都市，珠算是课外活动时无论如何都得学会的技能。班上讨厌珠算的人，除了我和川添外，还有森老师。因此，珠算的题目大都是由级长[①]出题让我们练习。

在这间女校，森要人老师似乎不是什么重要的角色。开早会时，他总是在中庭的角落里呆站着。课外活动时，只有我一个人跟着森老师学汉文[②]，但他似乎不觉麻烦，总带着我到理化教室或家政教室上约一个小时的课。因为老师是个童山濯濯的人，所以班上同学还帮他取了个“朦胧月夜”的外号，但生性沉默的他却从没因此责骂过我们。

秋天时全校会举行操行调查，每天班导师会叫一位学生过去询问些各种各样的问题。因为才一年级，我们既还没恋爱对象也没有同性相恋等行为，其实没什么值得一一

---

① 同学年中由学生所选出的代表。

② 此指中国的古文。

询问的，但他还是会每天找一位同学过去。轮到我被叫过去问话的时候，森老师依旧放空着，以平常晒太阳时的姿势问："你正在看什么书啊？"听到我回答我正在看《复活》与《书生气质》[1]，他也只回："你现在看这些似乎太早了。"

升入二年级后，森老师转到千叶的木更津中学任教。因为没什么存在感，所以也没人对他的离开感到难过。到火车站为老师一家人送行的学生，只有我一个。为了之后也能报答老师对我的教导之恩，我送了他一些死命拜托母亲买的、当时挺有名的糖球（因为印象中老师有两三个小孩）。过了没多久，一位毕业自早稻田大学、名叫大井三郎的人成了我们的国文老师。他是位年仅二十三四岁的年轻人，一下子就赢得了许多学生的喜爱，国文课和作文课也变得相当活泼。夜深了，老师的宿舍里依旧聚集着许多高年级生。我每个月都向大井老师借《文章俱乐部》这本杂志，老师还借给我许多不同的

---

① 小说家安岗章太郎（1920—2013）的作品。

书籍。广津和郎的《拥抱着死去的孩子》等文库本，都让我边读边赞叹不已。

某天的午休时间，我在礼堂后头读着铃木三重吉所著的《瓦》。校长突然走了过来，对我说不能读这种充满社会黑暗面的书。我回答，我认为这是本很棒的书。结果隔天早会时，校长发表了一段关于小说坏处的见解。走下台后，年轻的大井老师接着上台高谈“那些会看小说、不守规矩的学生让我很苦恼”。虽然低着头，但那位年轻老师所说的话，却深刻地印在我的脑海中。因为这本《瓦》，正是大井老师借给我的。接受过森老师轻松自在教学的我，并不觉得读小说有这么多坏处，也不认为在学校读小说有多么不应该，但他之后所说的话，让我不但对这位年轻的国文老师感到失望，并从此失去对他的敬重。完全不准带小说到学校来后，我的成绩一落千丈。升上三四年级后，我的成绩越来越差，毕业时似乎在八十七个人中只排在第八十六名。国文、作文与图画课都只拿了乙。

当时的校长是佐藤政都知。那时，我们家在尾道邻近的村镇四处做些小生意，因此放学回家后通常没有任何人在家。每晚，我都在家前面的面店吃晚饭。家人会一次在面店放上我一个月份的饭钱，一到傍晚，我便在这家面店细长的桌上吃饭。某天傍晚，当我吃完饭走出面店时，刚好遇见当天较晚离校的校长。隔天，学校便寄通知要母亲到学校去，但当时母亲正忙，没有时间处理这些事。而且，如果告诉她这件麻烦事，她或许会叫我别再去面店吃饭了，所以我就把这事放着不管了。此后，我在学校便被归类成了坏学生，更惨的是只要有什么东西不见了，我就会被当作嫌犯。有一次我买了一双新的室内草鞋，负责我们班图画课的市河老师就把我叫过去，问我这双草鞋是不是别人的东西。当天早上我才刚买了那双鞋，还来不及写上自己的名字，因此便被怀疑了。回到教室后，我真想放把火把学校烧了。关于这双草鞋，因为母亲说依我的身份得穿双竹叶制的才行，所以硬是给了我八钱，我便去买了这双蔺草编的鞋。后来，听说是班上有学生乱造谣，母亲还当面痛骂了那位同学。在学校，我没有任何一位好朋友。那位叫川添的女孩去了别班，我则待在较注重英语的班级，所以平时和她很难遇到。

一年级时，在同班的一百位学生中，我排在第十一名。但毕业时，我的名次已经落到不知道能不能顺利毕业的名次，以往喜欢的地理、英文、国文、历史与作文甚至画图等成绩，全都只有乙。连三四年级很喜欢的图画课也只有乙。模仿《讲谈俱乐部》等杂志卷发插画的女生，在图画课的作业总能拿到最棒的成绩，而像我一般以静物或风景为写生主题的人，则只能拿到乙或丙的成绩。现在回想起来，学生时代的生活真是一点都不愉快。我很少写到关于女子学校时代的事，而除了森老师外，也没有任何老师值得我怀念。不过，听到同班的人说当时是大井老师让原本差点毕不了业的我顺利毕业，还是让我蛮高兴的。在毕业照中，我穿着黑色棉制的正式和服，看起来很开心，但其实那是跟低年级的学生借来的衣服。虽然当时母亲曾说过，如果我毕得了业，想方设法也会替我做一件正式的和服。

从这间学校毕业已经十三四年了，森老师不知是否还在木更津的中学任教。虽然之后我再也没见过森老师，但他现在应该年事甚高了吧。只有这位老师，让我仍想再见他一面。

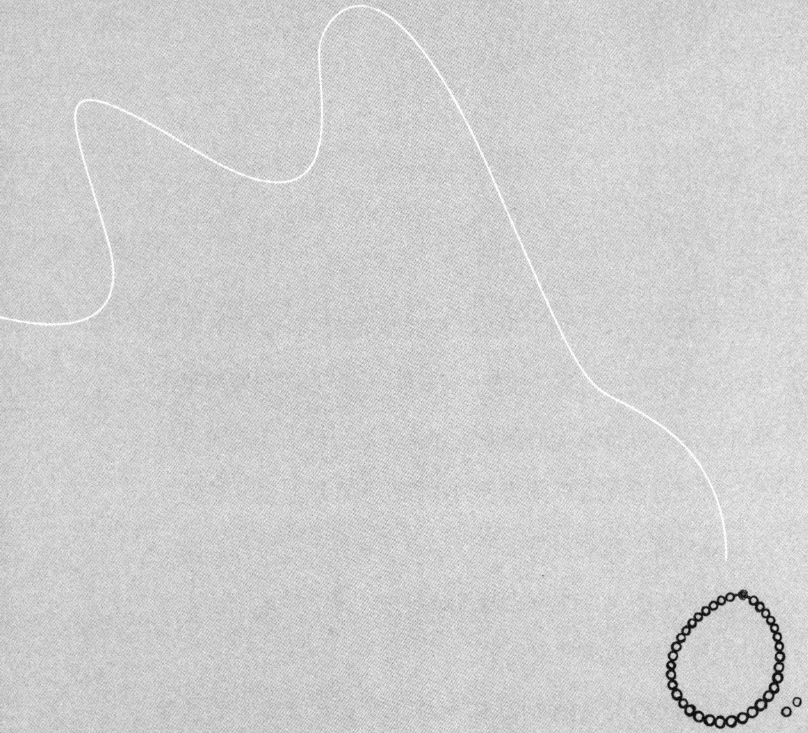

和服杂考

在我还是少女时，从袷[1]换穿单衣[2]的时候，大人总让我穿着点缀着红色的绀絣[3]来取代哔叽[4]布的和服内里，那件绀絣是件挺不错的和服。无论是肤色较白还是较黑的人，都很适合穿着以藏蓝色为底的絣织和服，因此一到五月新绿之时，我就会央求母亲早点让我穿上絣织的和服。藏蓝色的布料与絣织都会越洗越鲜艳，穿上后才能让人真正感受到新绿的季节来临了。

以前在下谷租屋时，房东总会观察来看房子的学生们身上的衣着，然后给出“这人穿着染得很漂亮的絣织和服，一定是好人家的儿子”等评语，让我觉得恍然大悟、非常有趣。

---

① 有内里的和服。

② 没有内里的和服。

③ 以藏蓝色为底，上有白色点状花样的织品。

④ 斜纹、质地厚软的织品。语源来自法文的“beige”。

虽然统称绀絣，但染得好的绀絣价格相当昂贵。因为当时的工作不似现在这样不修边幅，必须穿着绀絣，虽然并不是太高价的絣织，但很耐洗、耐穿。我实在不太喜欢哔叽布的和服。或许因为我个子不高又胖乎乎的，与其换穿哔叽布和服，不如直接从袷换成单衣。直到现在，比起哔叽布和服我依旧更喜欢穿着绀絣。以前的哔叽布是由较柔软轻薄的羊绒织成，那样的哔叽布穿起来相当舒适。但因为羊绒的价格非常昂贵，对我那清贫，时而欢乐、时而忧愁的家庭来说，只供得起我绀絣。

由于最近穿着西洋服饰的男士越来越多，因此很少见到有人穿着精美染色的絣织和服。但我认为，对日本的青年来说，穿着绀絣的模样也是一种洋溢青春的美。在我的少女时代，我们爱慕的对象几乎都是穿着绀絣的青年。没有一种和服像绀絣一样适合年轻男子穿着。虽然我并不是在替卖絣织的和服店宣传，但我的确希望有更多人愿意穿着绀絣。因涮洗而褪色的绀絣，会让人看起来更加英姿飒爽。

这阵子的人造丝有了长足的进步，与粗糙的棉纱相比，人造丝反而更便宜，据说许多乡下女孩都穿着仿制的锦缎。虽然人造丝也没什么不好，而且，我们对这样的改变或许也无计可施。或许这看起来像国粹主义的思考模式，但看到现在的女孩不再懂得留意更有品位的物品，让我觉得很可惜。我希望她们的喜好能更优雅、更内敛一些。前阵子，我为了买一反[①]的棉布前往百货商场，但却完全找不到好的棉布，让我非常失望。十元就能买到棉布的时代似乎已不复见了。朝和服衣料部走去时，根本像走进了博览会般绚烂夺目，但没有一个花样能吸引我这或许受年纪的影响。许多和服布料染色之差，至今竟然没有任何长进，着实令我惊愕不已。即使是相同的红色，过去的红色更有深度。世界明明在进步，但布料上竟还有这般令人傻眼的拙劣花样。如同前几天我在座谈会上与山胁敏子小姐交流时所提到的，现今的丝绸大都上了很多浆，并在上头加了许多胶印的图案。看见有人停下来看那些布匹，总是令我忍不住怀疑那些东西好在哪儿。那些会对百货商

① 日式计量布匹的单位，一反约为十一米长、三十厘米宽。

场所挑选的图样看到入迷的太太们，仔细看看她们的足袋，便会发现不但足袋脏兮兮，连木屐也是一团糟。提到木屐，我不喜欢有草编鞋垫的木屐。尤其讨厌最近流行的靴型木屐。质料为棉布且带有别扣①的足袋比较适合我。若穿着的是丝绸和服，我便会搭配平织的白棉足袋，但我最喜欢的还是穿起来相当舒服的棉布足袋。

以前（一直提到以前的事）曾流行过一阵子披风。披风可将穗子系在胸前，是件很好的单品。像那样的单品，难道无法再次于女孩子间流行起来吗？将棉纱或铭仙绸②等质料制成居家可穿着的披风，穿起来应该很暖和。我虽然不具备谈论和服的专业资格，但我认为比起外出用的和服，不如多花些心思在居家和服上。我曾经把穿在身上的筒袖③和服的袖口扭成像花一般，如果在不穿西式服装的时候能穿着这般浪漫的居家和服多好。

---

① 位于脚踝部位，用来固定足袋的小爪钩。

② 大正到昭和初期，于日本服饰中部不可或缺的一种织品，花色朴素，重实用性。

③ 常见于日式服装中的长筒状袖子。

走在街上时，因为时值初夏，我看到许多女子都披着薄薄的日式披肩，把腰带绑得高高的，在腰线毕露的臀部周围则露出大朵大朵的郁金香图案。看起来真讨厌。我多想告诉她们，聪慧的女人会把腰带绑得低一些。既然还是少女，把腰带绑得稍微宽松且位置低一些，看起来会更美。

此外，关于女性的西式服装还有一件事，我忍不住想着，订购西式服装的人与接受订购的人不知是否注意到，这些服饰并未区分年轻女孩与成熟女子的身形呀。

从巴黎回来，让我觉得最奇怪的便是日本女学生所穿的水手服，裙子的长度竟然长到了脚后跟，而穿便服时却穿着紧贴着下半身的短裙。我认为，女学生还是穿着露出半截小腿的短裙看来较圣洁、可爱。十八九岁前都较适合穿着剪裁清纯、孩子气的服饰。相反的，虽然现今也看得到有点年纪的女人穿着女学生般的百褶短裙四处招摇，但我真想跟她们说，麻烦她们穿些能显示出腰线的长版衣物吧。化妆也是，女孩们应尽量干净清爽。偶尔会看到有的女孩不知是不是学电影里的人物，把原有的眉毛剃掉，在上头再画上另一道眉毛，整张脸看起来像有四条眉毛一样，总会让我心头一惊。此外，好人家的女孩是不会抹眼影的。我这么说大概会惹彩妆师们生气，但日本所流行的西式化妆实在很像土包子。（话说回来，如果你问我："那你呢？"我自己就是个不折不扣的大乡巴佬呀。不过我所谓的乡巴佬，和什么西洋潮流可是两码子事。）

聪慧的女性不着痕迹的化妆方式与对和服不刻意高调的品位，都让人印象深刻。并非高价的东西即能代表高级的品位，我更希望年轻的女孩们能拥有更具个人特色的品位。接着，我们把话题再回到絣织上。难道没办法让更多的人懂得穿着染色精美的絣织和服的美吗？萨摩絣①、九留米絣②当然都是很好的絣织，我下乡旅行时，也在不同的地区看到他们在制作很棒的絣织。除了绀絣外，我也很喜欢鹿儿岛泥染的大岛绸③，它们越洗会越漂亮。因为我

---

① 产于琉球，由萨摩向外贩售的一种藏青色平织棉布，上有白色点状图样。

② 发源自福冈县久留米市，以不同颜色的棉线横直交错织出美丽的图案，是日本三大絣织之一。

③ 又称大岛绸，发源自鹿儿岛县庵美群岛，多用于制作高级和服。

身形不够好，所以喜欢比较朴实的东西。话说回来，夏天也快到了，可以穿浴衣真是件让人非常愉快的事。因为无论怎么说，浴衣穿起来的感受相当舒适宜人。我在巴黎时非常想念浴衣，但在其他国家似乎找不到与浴衣一般触感如此凉爽的服饰。洗过两三次的浴衣穿起来最舒适，至于图案，我一样喜欢简单的。

和服布料店虽然常举办高价的和服特卖会，却似乎没有所谓的浴衣特卖会。我认为，浴衣才是真正值得中产阶级与普罗大众庆幸的产物。但不可思议的是在和服当中，只有浴衣是如“只能生于野外的紫云英①”般，不适合在白天穿着外出的。如果襦袢②的衣领从浴衣中露出来，或是穿着足袋却搭配草鞋，看来也太不成体统。

一到夏天，随处可见妇女穿着简易的连身夏季洋装。我觉得挺好，也想穿穿看。但，因为我是个“虚荣鬼”，所以还是喜欢那些能将“层层山水秀无尽、足踏万芳游历

---

① 又称翅摇或红花草。此指紫云英适合生于野外，若拔起来装饰在室内便会失去原有的美丽。

② 又称中衣或中单，此指穿着于和服中的衬衣。

靴、手执苍茫古藤枝”的意境融合为一且风姿凛凛的和服。这些简易的夏季洋装架势差了些，说起架势，我更喜欢穿着浴衣时把束衣袖带子斜绑在腰间的模样。穿着浴衣时，女人家若把手脚的指甲修得干净整洁，不也很清爽吗？写到这里，可以发现我的爱好相当平凡，且我最重视的是“适合与否”吧。关于高价衣物那方面，就交由其他人来谈论吧……

我虽然是个棉织品的推崇者，但我也会自己购买丝绸或白布，然后下点功夫染成自己喜欢的图样或颜色。这是件非常愉快的事。对女人来说，没有任何话题能比谈论和服更让我们开心了。